KB164658

그게 뭐 어쨌다고

소중한 꿈을 가진 이에게 보내는

김홍신의 인생 절대 메시지

그게 뭐
어쨌다고

해냄

10년 후에 꼭 만납시다

얼마 전, 강연을 마치고 사인회를 하는 자리였습니다. 청중 한 분이 제가 지은 책의 앞장을 펼치면서 "10년 후에 꼭 만납시다"라고 써달라며 해맑게 웃었습니다. 오랜 세월 참으로 많이 사인해 보았지만 사인과 함께 이런 글을 써달라는 사람은 처음이었습니다.

강연 중에 제가 "사회적으로 성공한 사람들은 해당 분야에서 1만 시간 이상을 연습하고 훈련하는 등 피땀 흘리며 노력했다고 합니다. 1만 시간이란 하루 3시간씩 계산하면 10년이 걸리는 양입니다"라고 말했는데, 그 말을 듣고 난 후 그분이 10년 후에 뭔가 꼭 보여

주겠다는 각오를 다진 것 같았습니다.

저는 그분이 원하는 대로 써주고 10년 후에 꼭 만나자고 말했습니다. 그 얼굴과 눈빛에서 '1만 시간의 법칙'을 꼭 실행할 것 같은 느낌도 강하게 받았습니다.

그날, 젊은 시절부터 일찍이 이름 난 문인으로 평가받은 선배가 해준 친구 이야기가 생각났습니다. 선배와 함께 공부한 친구는 점점 유명해지는 선배 옆에서 가난하고 기댈 곳 없는 무명의 서러움을 달래며 친구의 성공을 바라보아야만 했습니다. 궁핍한 생활에서 헤어나지 못한 그는 마음을 다스리기 어려웠습니다.

그 친구는 어느 날 선배를 찾아와 이렇게 말했다고 합니다.

"나와 가장 가까운 친구인 네가 유명해지는 것이 질투가 나서 견디기가 어렵구나. 너를 생각하면, 내가 너무 모자라고 쓸모없는 인간 같아서 힘들어 죽겠어. 네가 밉다. 그러나 너를 더 이상 미워하기는 싫다. 그러니 우리의 우정을 여기서 정리하자. 앞으로 내가 치열하게 정진해서 너만큼 유명해지면 다시 나를 친구로 꼭 받아주기 바란다."

갑작스런 친구의 말에 선배가 여러 차례 말려보았지만 그의 굳은 의지를 꺾을 수는 없었습니다. 하는 수 없이 선배는 친구와 헤어지기로 했고, 술 한잔 마시며 제게 말했습니다.

"내가 유명해지고 나니 주위에서 질투하고 미워하는 사람이 많이 생겼구나. 내 앞에선 시치미를 떼고 내가 없는 곳에서 나를 헐뜯곤 하는데, 사실 그 친구는 다르다. 나 없는 곳에선 칭찬하고 내 앞에선 저리 뜨겁게 고백한다. 그러니 어찌 내가 그를 존경하지 않을 수 있겠니."

선배의 넉넉한 가슴에 감동받은 저는 그날 받은 느낌 그대로를 그 자리에서 말했습니다.

"제 작은 소견입니다만, 그 친구분은 그리 오래지 않아 반드시 자기 분야에서 뛰어난 능력을 발휘할 것 같습니다."

그랬더니 선배는 마땅히 그렇게 되어야 하고 그렇게 될 수밖에 없을 거라고 했습니다.

세월이 흘렀고, 선배의 친구는 높은 학문적 성과를 이루어내며 어느덧 유명인사가 되어 있었습니다. 무명시절의 가슴앓이를 극복하기 위해 가장 친한 친구에게조차 그런 식으로 말할 수 있었던 그 굳건한 의지가 그를 성공하게 만들었다고 저는 생각합니다.

질투와 시샘을 다스릴 만큼 마음이 너그럽지 못함을 솔직하게 털어놓은 사람. 더 이상 질투하지 않을 만큼 성취한 뒤에 우정을 더욱 깊게 갖겠다는 그의 젊은 혈기가 참으로 담대해 보였습니다. 마음의 평화를 얻기 위한 그 고뇌는 결국 학자로서 당당히 우뚝 서게 해준 것입니다.

아마도 그가 친구의 등 뒤에서 성공을 헐뜯고 질투하기만 했다면 결코 제자리를 찾지 못했을 것입니다. 괴로운 심정을 고스란히 고백하며, 잠깐 동안의 '결별'을 통해 내면에 흐르는 질투와 시샘을 갈고 닦아서 자신을 평화롭게 해보겠다는 결연한 의지가 있었기에 가능했던 것입니다.

질투하고 시샘하는 게 옳지 않다는 걸 알지만, 그걸 딛고 일어서기가 얼마나 어려운가도 알았기에 자신의 부족함을 고스란히 드러낼 수 있었을 겁니다.

지난여름, 서해안 일대와 서울·경기 지역에 큰 피해를 입힌 태풍의 위력은 대단했습니다. 100년도 더 된 저희 집 향나무가 쓰러질 정도였습니다. 안면도에 갔다가 곳곳에 처참하게 쓰러진 아름드리 소나무들을 보니 너무 안타까웠습니다. 제가 자주 다니는 서울과 근교의 산에도 무수한 나무들이 강풍을 견디지 못하고 쓰러져 있었습니다.

유심히 살펴보았더니 뽑혀 쓰러진 나무들의 뿌리는 대체로 짧고 뭉툭했습니다. 물과 양분이 부족한 곳에서 자라는 나무들은 죽지 않으려고 악착같이 뿌리를 깊고 넓게 뻗었기 때문에 가지가 꺾일 망정 뿌리째 뽑히지는 않았습니다.

나무만 그런 게 아닙니다. 시련과 고통을 이겨내려고 악착같이 영혼의 뿌리를 깊게 박은 사람들은 세상의 모진 시련을 견뎌냅니다.

지금 자신에게 주어진 고통과 시련과 슬픔을 갈무리하면, 훗날 닥칠 위기를 극복할 수 있는, 쓰러지는 걸 붙잡아줄 수 있는 튼실한 뿌리가 됩니다. 여러분은 어떠신가요.

2011년 11월

1장

방황해도
좋다,
청춘이기에

풀을 베면 은은한 향을 풍기는 건 풀잎의 상처에서 향기가 나기 때문입니다. 상처를 보호하기 위해, 벌레나 미생물들로부터 자기를 보호하기 위해 진물을 내보내는 것입니다. 사람도 상처가 나면 그 자리에 진물이 나와서 상처를 보호합니다.

젊음은
도전입니다

마치 이 세상은 젊은이들이 행복하지 않은 곳이 된 듯합니다. 대학 입시, 취업, 결혼 등 한 치 앞도 예측하기 어려운 미래로 현실적인 압박감을 많이 갖고 있다고들 합니다. 헤쳐 나가기 쉽지 않은 조건들이 누구에게나 부담이 되는 시대입니다.

한 강연에서 제가 젊은이들에게 이렇게 물었습니다.

"무일푼의 스무 살 젊은이가 70대의 재벌그룹 회장에게 인생 전체를 맞바꾸자고 한다면, 회장이 뭐라고 대답할 것 같습니까?"

제 질문에 젊은이들은 선뜻 대답하지 못하고 망설이는 눈치였습니다. 설마 바꾸고 싶으랴 생각한 듯했습니다.

사실 제가 만나본 재벌그룹 회장은 할 수만 있다면 무조건 바꾸겠다고 말했습니다. 늙는 것이 서러워 바꾸고 싶어하는 거였을까요? 벌어들이는 돈이 수없이 많아 매일 수억 원씩 써도 죽는 날까지 다 쓸 수 없는 그가 못해본 게 무엇이 있겠습니까. 하지만 그는 실제로 그렇게 답했습니다.

젊은이와 인생을 맞바꾸고 싶은 이유는 다시 인생에 도전하고 싶기 때문입니다. 도전에는 무수한 실패, 좌절, 시련, 고통이 뒤따릅니다. 재벌그룹 회장의 자리에 오르기까지 그 역시 견디기 어려운 시련을 헤쳐왔을 것입니다.

13억 명의 중국인들을 감동시켰다는 동영상을 본 적이 있습니다. 베이징에 사는 류웨이(25세)는 열 살 때 감전 사고를 당해 두 팔을 잃었다고 합니다. 그는 수차례 자살을 생각했지만 '그래도 내게 두 발은 있지 않는가' 하는 생각에 발로 밥을 먹고 양치질하고 옷 입는 연습을 했습니다. 피나는 노력 끝에 컴퓨터 마우스를 발가락으로 자유롭게 다루게 되었습니다.

장래 희망이 음악 프로듀서인 그는 TV 스타 발굴 프로그램에 출연하여 발가락으로 피아노를 연주하여 심사위원들을 울렸고, 관중들이 기립박수를 치게 하면서 전국민에게 진한 감동을 선사해 주었습니다. 류웨이가 바다 건너 우리의 마음까지 흔들어댈 수 있었던 것은 바로 모진 시련을 극복했기 때문입니다.

　실패, 좌절, 시련을 이기지 못해 쓰러지면 당장은 고통스럽지 않을 수 있지만, 그것을 지팡이 삼아 걸어 나가면 어느새 정상에 오르는 도구가 됩니다. 시련은 사람을 빛나게 할 뿐만 아니라 향기롭게 만들기도 하니까요.

　풀을 베면 은은한 내음이 풍기는 건 풀잎의 상처에서 향기가 나기 때문입니다. 상처를 보호하기 위해서, 벌레 등의 미생물들에게서 자기를 보호하기 위해서 풀잎이 진물을 내보내는 것입니다. 사람 역시 상처를 입으면 그 자리에 진물이 나와 상처를 보호합니다. 인공피부라고 하는 키틴막을 상처가 난 곳에 붙여두면 진물이 증발되지 않아 흉터 없이 매끈해지는 것입니다.

　사람의 영혼에도 수없이 상처가 생기기 마련입니다. 영혼의 상처 치료제는 오직 자신의 마음뿐입니다. 인생도 마찬가지라고 생각합니다. 상처를 보호하기 위해 절로 진물이 나오듯 사람은 시련을 통해 빛날 뿐 아니라 근사해집니다.

젊은이의 특권은 가능성 곧 꿈과 희망, 그리고 도전입니다. 놀라운 것은 그 모두가 공짜라는 사실입니다. 대가를 치르지 않아도 됩니다. 그냥 도전하면 되는 것이지요.

젊음, 그 자체가 다이아몬드 원석과 같은 것입니다. 갈고 다듬는 시련의 과정만 남았습니다. 하지만 갈고 다듬지 않으면 빛이 나지 않습니다. 실패와 좌절 같은 고통 없이 찬란해질 수 없습니다.

분명한 것은, 스스로를 값진 원석이라고 생각하는 사람과 스스로 보잘 것 없다고 여기는 사람의 인생은 극과 극을 달리게 된다는 사실입니다.

젊음은 실수해도 용서받을 특권도, 희망을 포기하지 않을 책임도 동시에 지니고 있습니다. 물론 같은 실수를 반복하는 것은 어리석습니다. 그러나 다른 실수, 도전하기 위한 실수는 젊음의 특권입니다.

세계적인 스타인 김연아 선수는 10년 동안 공중회전만 무려 12만 번을 했다고 합니다. 그중에서 3만 번은 넘어졌습니다. 넘어졌을 때는 반드시 일어났습니다. 넘어진 것은 실패와 고통이었지만, 일어나는 것은 꿈이고 희망이고 도전입니다. 넘어졌을 때 포기하고 싶은 마음이 드는 건 열등감이고, 이를 악물고 일어나는 건 자존심입니다.

한 인터뷰에서 김 선수는 "저녁시간에 '짬뽕'이라는 소리를 들으면 먹고 싶어 죽겠는 거예요"라고 말했습니다. 처절할 만큼 몸 관리를 해야 우아한 몸짓과 춤사위로 우뚝 설 수 있기에 연습만큼이나 식사 관리도 철저할 수밖에 없었던 것입니다.

먹고 싶은 걸 애써 참는 건 도전이고, 먹고 싶을 때마다 먹는 건 포기입니다. 김연아 선수가 진정 아름다운 건, 도전과 희망으로 만들어낸 빙판 위의 화려한 실력이 있기 때문입니다.

그게 뭐
어쨌다고요?

세계 최대 정유회사인 로열더치쉘(Royal Dutch Shell) 영국 본사에서 억대 연봉을 받는 스물아홉 살의 여성 김수영 씨는 등반 5일째인 2010년 12월 31일 오전 8시에 킬리만자로 정상에 도착했다고 합니다. 신문기사에 따르면, 아버지 회사의 부도로 시골 마을회관 쪽방에 얹혀살던 그녀는 공사판을 전전하는 아버지의 술주정에 죽고만 싶었다고 합니다.

초등학교 때는 '왕따'였고 중학교 때는 '문제아'였기에 결국 중학교를 자퇴하고 가출소녀가 되었습니다. 그후 마음을 다져먹고 검정고시로 실업계 고교를 겨우 마치고 스스로 학비를 벌어 대학에

다녔습니다. 졸업 후에 외국계 투자은행인 골드만삭스(Goldman Sachs)에 취업했는데, 그 후 받은 건강검진에서 암이 발견된 것을 알았습니다.

수술을 무사히 마친 뒤 그녀는 '남에게 보여주는 인생 말고 내가 행복해지는 인생을 살자'고 결심하고 '내가 하고 싶고 나를 행복하게 만드는 일 73가지'를 정했다고 합니다. 그래서 인생 3분의 1은 한국에서, 3분의 1은 세계를 돌아다니며, 나머지 3분의 1은 가장 사랑하는 곳에서 살기로 했습니다.

그녀가 꼭 해보기로 결심한 73가지 꿈 중에 34번째가 바로 킬리만자로 정상에 오르는 것이었습니다.

그 기사를 읽으며 제가 감동받은 것은 사람들이 꿈을 이루는 방법을 알려달라고 했을 때 그녀가 말해주는 아주 담대한 대답입니다. 대부분의 사람들이 돈이 없다거나 시간이 없다거나 학벌이 안 좋다며 한숨을 쉬는데, 그녀는 먼저 '현재 상황을 받아들이라'고 했습니다.

"꿈을 이루기 위한 완벽한 상황은 절대 오지 않아요. 처한 상황에서 최대한 준비를 하되, 실패를 두려워하지 말고 도전하세요. 해보면 정말 별거 아니거든요. 실패하면 다시 하면 되잖아요? 인생은 생각보다 길더라고요."

그녀의 말처럼 완벽한 상황은 절대로 없습니다. 내가 만들어가는 것이 인생입니다. 그녀가 인생이 길다고 주장하는 것은 실패를 통해 인생을 갈고 닦는 것이 가장 안전한 성공으로 가는 길이라는 걸 강조하려는 것입니다.

그녀의 말을 한마디로 요약해 보면 "내 인생에 대해 핑계대지 말라"는 채찍 같은 것입니다. 젊은 열정을 아낌없이 터뜨리는 그녀가 참 아름다웠습니다.

문득 세계에서 가장 영향력 있는 인물로 평가 받는 오프라 윈프리를 연상했습니다. 그녀는 궁핍한 환경에서 사생아로 태어났고, 어린 시절에 성폭행을 당한 이후로 주변의 흑인 남자들에게 노리갯감이 되었으며, 열네 살에 사생아를 낳아 미혼모가 되었습니다.

그런 그녀가 가수도 배우도 아니면서 미국 최고의 스타 반열에 올랐습니다. 인물이 뛰어나거나 몸매가 좋은 것도 아니었으며, 거기다 흑인이었습니다. 그녀는 기억조차 하기 싫은 그 끔찍한 과거에 대해 딱 한마디로 뒤집어버렸습니다.

"그게 뭐 어쨌다고!"

시련을 딛고 일어서면 모두 근사한 추억이 됩니다. 그러나 시련에 굴복하게 되면 실패한 인생일 뿐입니다. 김수영 씨의 "정말 별거 아니거든요"라는 말과 오프라 윈프리의 "그게 뭐 어쨌다고!"라는 말은 동의어입니다.

인생에서는 도전, 모험, 배짱이 모두 동의어입니다. 더구나 젊은
이는 저지르고 대들고 도전하는 사람이어야지 도망치는 사람이 되
어서는 안 됩니다.

저는 아직도 컴맹을 벗어나지 못한 채 원고지에 만년필로 또박또
박 글을 쓰고 있습니다. 『대발해』라는 역사소설을 쓰는 3년여 동안
원고지 1만2천 장을 채우느라 오른손이 마비되는 절박한 순간이
여러 차례 있었습니다.

다급한 심정에 병원으로 달려갔더니 "깁스를 하라"는 의사의 처
방을 받았습니다. 망연자실했습니다. 오른손을 이대로 두거나 계
속해서 펜으로 원고를 쓰게 되면 영원히 사용할 수 없을지도 모른
다는 소견이었습니다.

원고 쓰기를 멈추면 큰일난다고 의사에게 통사정을 해서 시합 앞
둔 운동선수들이 다쳤을 때 긴급으로 처방한다는 스테로이드 주사
를 겨우 맞았습니다. 의사는 얼마 지나지 않아 반드시 재발할 것이
고, 어쩌면 마비 증세가 더 심해질 거라고 경고했습니다. 참으로
신기하게도 주사 맞고 돌아온 그날 저녁부터 언제 그랬느냐 싶게

멀쩡해져서 다시 원고를 쓸 수 있었습니다.

　그러나 오래가지 않아 의사의 말대로 되고 말았습니다. 그때부터 병원 신세 지기를 밥 먹듯 했는데, 나중에는 의사가 스테로이드 처방을 거부할 정도였습니다. 그 정도가 되어서야 저도 겁이 나서 의사의 말을 들을 수밖에 없었습니다. 주사 맞은 오른쪽 손목과 손등이 시퍼렇게 멍든 것처럼 변색되었기 때문입니다.

　오른손을 쓸 수 없게 되니 그야말로 죽을 맛이었습니다. 왼손으로 세수하고 왼손으로 밥 먹는 것도 힘겨웠습니다. 면도하기, 머리 감기, 샤워하기는 물론이고 옷 갈아입는 것도 어려웠습니다.

　그때 제 딸아이가 떠올랐습니다. 어려서 왼손잡이라는 걸 알고 이리저리 어르고 야단쳐가며 애써 오른손잡이로 바꿔놓으려고 했던 아이입니다. 아이는 부모의 뜻에 따라 오른손을 사용하게 되었지만, 왼손이 더 쓰기 편하니까 어느새 능수능란한 양손잡이가 되어버렸습니다.

　아이를 보며 제가 깨달은 건 어린 자녀에게 양손잡이가 되도록 가르치는 것이 바람직하다는 것이었습니다. 오른손이 고장 나면 왼손을 사용할 수 있어서 생활하는 데도 편리하고, 우뇌와 좌뇌가 고루 발달해서 좋으며, 손에 따라 사물을 다룰 때도 능률적이기 때문입니다. 한쪽으로 하기 힘들면 반대쪽으로 해도 되니 생각을 유연하게 할 수 있다는 장점도 있습니다. 그래서 강연하거나 글 쓸 때 자녀를 양손잡이로 키우라고 강조하고는 합니다.

　김수환 추기경께서 살아 계실 때 함께 식사하는 자리에서 한국인들이 양손잡이가 되도록 성장기에 가르치면 훨씬 빨리 선진국이 될 것이고 세계가 한국을 따라 배우면 세상이 더 살기 좋은 나라가 될 거라고 말한 적이 있습니다. 그랬더니 추기경께서 빙긋이 웃더니 "김 선생부터 양손잡이가 되어야지요"라고 해서 한바탕 웃은 적이 있습니다.

자신과 직접
대면하세요

한번은 하루 동안 한 마디도 하지 않기로 마음먹고 말 그대로 묵언하며 종일을 굶어본 적이 있습니다. 처음에는 힘들었지만 명상수련이 다 그러려니 하며 견뎠습니다. 그러나 시간이 흐르자 굶는 건 참을 수 있는데 말할 수 없다는 게 견디기 힘들었습니다. 다 같이 하는 거라면 어찌 견딜 수도 있겠지만, 저 외의 다른 사람들은 말하고 웃고 밥을 먹는데 저 혼자만 굶으며 말할 수 없는 상태가 되니 '괜히 그랬나' 하는 후회가 들기 시작했습니다.

나중에는 이런저런 신경 쓰기도 싫어서 벽을 마주 보고 앉아 눈을 감았습니다. 그러자 차츰 배고픈 이들의 심정도 조금씩 느껴졌고 몸이 불편한 이들의 고통도 알 것 같았습니다. 말과 침묵의 의미와 맘대로 떠들고 어울리는 자유의 소중함도 되돌아보게 되었습니다.

그중 가장 큰 깨달음은 바로 저 자신과의 소통이었습니다. 말을 하지 않으면 남과 소통하기는 어렵지만 자신과는 소통하기 쉬웠습니다. 묵언하는 동안 자신과 대화하는 방법을 찾게 되었습니다.

비로소 왜 제게 묵언의 숙제를 내주었는지 알 것 같았습니다. 제가 스스로를 박해하고 무시했다는 걸 알았습니다. 자신에게 그랬는데 남에게 안 그랬다는 보장을 할 수가 없었습니다. 스승께서 일 년에 몇 번씩 단식하며 수행정진하는 뜻을 알 것 같았습니다.

가슴이 답답하거나 속상하거나 미움이 들끓어 오르면 한 번쯤 단식하며 묵언을 해보세요. 신문이나 방송, 책도 보지 마세요. 물만 마시며 일절 말하지 않는 겁니다. 메모하고 싶은 생각이 들어도 아무것도 적지 말고, 휴대전화도 끄고 집전화도 받지 마세요.

굳이 가부좌를 틀고 앉아 면벽하지 않아도 괜찮습니다. 그렇다고 눕지는 마세요. 앉거나 서거나 기대거나 눈을 감거나 아무 상관이 없습니다. 억지로 마음을 모으려고 애쓰지 말고 그냥 하루쯤 굶고 말하지 않은 채 흐트러진 생각들을 모아보세요.

그러면 엄청나게 많은 생각과 사연과 추억들이 마음에 엉켜 있는 걸 알게 됩니다. 그만큼 마음이 복잡하다는 것도 알 수 있습니다.

그렇게나 복잡하게 엉켜 있는 게 곧 내 모습입니다. 한 번쯤 진짜 내 모습을 보고 싶지 않으세요?

인간은 깊고 넓은 생각의 공간, 마음의 크기를 가지고 있습니다. 자신의 모습을 살핀 뒤에 자신과 화해하고 사랑하세요. 스스로가 온 우주 역사상 오직 하나뿐인 진귀하고 소중한 사람이라는 걸 인정해야 자신과 화해하고 사랑하게 됩니다.

인류가 태어난 이후 지금까지 '나'는 오직 하나뿐입니다. 수많은 세월 동안 무수한 사람이 태어날 테지만 나와 똑같은 사람은 단 한 사람도 없습니다. 그러니 그 가치는 온 우주와 바꿀 수 없을 만큼 존귀합니다.

내가 존귀하면 내 주변의 모든 사람들도 나처럼 존귀하게 느껴집니다. 그러니 소통해야 합니다. 사람과 사람이 소통하는 게 행복한 삶의 지름길입니다.

자신과 소통하면 남과 소통하기 쉽습니다. 자신과 소통하는 게 자존심이라면 남과 소통하는 건 자신감과 배려입니다. 성공한 사람들을 연구한 각종 보고서에서 빼놓지 않고 말하는 것은, 성공은 소통을 잘하는 사람에게 돌아간다는 사실이었습니다.

소통을 어렵게만 생각하면 복잡해지는 게 당연합니다. 어떻게 다가갈 것이고 어떻게 다가오게 할 것인지를 걱정하다 보면 귀찮다는 생각이 먼저 들 수 있습니다. 사람과 사람 사이에 일어나는 갈등은 대개 소통하지 못해서 생기는 것입니다.

　불교에 '보살(菩薩)'이란 말이 있습니다. 보살의 본딧말은 '보디 사트바'인데, 발음을 따서 한자로 옮긴 것을 우리 식으로 읽으면 '보리살타'가 되고 이것을 줄이면 '보살'이 됩니다. '보디'는 밝음으로 상징되는 깨달음이니 곧 부처요, '사트바'는 어둠으로 상징되는 무지 또는 무명이니 곧 중생을 뜻합니다. 보디사트바는 '중생이 깨달으면 부처가 된다'는 의미를 함축한 것인데, 이를 한마디로 표현하면 '깨달은 중생'이 됩니다.

　불자들은 보살의 경지에 이르려는 마음을 품습니다. 여성신도들을 '아무개 보살'이라고 높여 부르는 것은 보살도를 이루라는 큰 의미를 부여하는 것입니다.

　여기서 중요한 것은 서로 보살이라고 부르는 진정한 의미가 무엇인가 하는 것입니다. '아무개 보살'이라고 부르는 것은 상대가 부처의 반열에 오를 만큼 깨달은 중생이기 때문이 아닙니다. 보살처럼 살라는 매우 의미 있는 덕담이 분명합니다.

　더 중요한 의미가 보살이란 존칭 속에 숨어 있습니다. 보살은 사

람이 아니라 행위를 뜻합니다. 깨달은 사람처럼 살아보라는 뜻은
바로 '참으로 자유로운 삶'을 영위하라는 의미입니다.

자유를 뒤집어보면 번뇌의 속박을 벗어난 상태를 말하는 것으로
이는 곧 해탈(解脫)이라고 합니다. 행복을 뒤집어보면 괴로움을 벗
어난 상태를 말하는 것으로 이는 곧 열반(涅槃)이라고 합니다. 굴
레를 벗어나는 게 해탈이요 번뇌를 벗어나는 게 열반이니, 행복과
자유는 인생에서 동의어가 아닐 수 없습니다.

자유롭고 행복하려면 먼저 자신과 소통하고 남과 소통하고 세상
과 소통해야 합니다. 세상은 절대로 혼자 살아갈 수 없습니다. 함
께 살아가기 위해서 세상의 모든 것과 소통해야 합니다. 그중에서
가장 중요한 것은 자기 자신과의 소통입니다.

우리의 생각을 관장하는 뇌신경세포(Synapse)는 우주의 별보다
많다고 합니다. 바닷가 모래알보다 많은 게 우주의 별이라고 하는
데 말입니다. 그러니 우리의 생각이 얼마나 복잡한지 짐작할 수 있
습니다.

자신과 소통하려면 먼저 자신과 화해해야 합니다. 대체로 많은
사람들이 자신을 박해하거나 무시하고, 자신과 다투곤 합니다. 가
장 가까운 자신에게 바라는 게 많았고 그래서 사이가 나빠졌던 것
입니다. 화해하기도 쉽지 않습니다.

자신과 화해하는 가장 좋은 방법은 바로 스스로를 사랑하는 것입니다.

사랑하려면 관대해져야 합니다. 인류를 감동시키고 선각자의 길을 걸은 사람은 모두 타인에게 관대함을 보여주었습니다. 그러나 더 중요한 것은 자신과 화해하고 자신을 사랑하고 자신에게 관대했다는 사실입니다.

연이어 겨울마다 유난히 눈발이 잦았습니다. 그러나 저희 동네 골목길은 눈이 내려도 빙판이 되지 않았습니다. 누가 먼저랄 것도 없이 집집마다 나와서 눈을 치웠기 때문입니다.

아침에 제가 조금 늦게 일어나면 옆집이나 앞집에서 우리 집 앞을 쓸어주었고, 제가 먼저 일어나면 이웃집 앞에 쌓인 눈을 치웠습니다. 그냥 두어도 오후쯤엔 눈이 녹을 테지만 오전에 서로 눈을 치웠습니다. 수고하면 반나절쯤 편하고 내버려두면 반나절쯤 불편할 뿐인데도 말입니다.

사소한 이야기 같지만 이런 소통 때문에 이웃 간에 정이 들고 나 자신과도 소통을 할 수 있었습니다. 옆집 눈을 치워줌으로써 제 가슴에는 뿌듯함이 쌓이고, 이런 행동이 단순한 수고를 넘어 건강을 위한 운동이 된다는 생각이 드니 저 자신과도 근사하게 소통하게 됩니다.

곤충이나 척추동물이 같은 종(種)에 속하는 다른 개체와 소통하려면 페로몬을 분비한다고 합니다. 군집생활을 하려면 서로 페로몬을 분비하여 정보를 전달하는데, 곤충학자들은 연구를 위해 해충을 유인할 때 특수한 성적 유인 페로몬을 이용하기도 합니다. 페로몬은 사람이 이성에게 느끼는 성적 반응에도 관여합니다.

그만큼 살아 있는 모든 것들은 같은 종끼리 소통해야 생존하고 번식하며 살아갈 수 있습니다. 사람이 만물의 영장이 된 것은 같은 종끼리의 소통뿐만 아니라 다른 종과의 소통에 고심했고 자신의 내면과의 소통에 온 힘을 기울였기 때문입니다.

나무꾼 A와 B가 온종일 나무를 했는데, A가 B보다 두 배쯤 많이 거뒀습니다. 그 까닭을 알아보았더니 B는 종일 쉬지 않고 일을 했고, A는 낮잠도 자며 일하는 중간 중간에 도끼날을 갈았기 때문이었습니다.

도끼날 갈고 낮잠도 자면서 쉬는 건 자기와 소통하는 것입니다. 체력을 적절히 사용하고 쉬면서 도끼날을 갈아 나무를 수월하게 거두며 자신을 돌본 것입니다. 당장 많고 적음을 판단하기 이전에 중요한 것은 체력을 적절히 안배하고 효율적으로 사용하는 것입니다. 그래야 다음날에도 일할 수 있습니다.

　소통은 나와 남 사이에만 필요한 게 아닙니다. 자신과 먼저 소통해야만 진짜 소통입니다. 옛말에 '통즉불통 불통즉통(通卽不痛 不通卽痛)'이라고 했습니다. 통하면 아프지 않고 통하지 못하면 아프다는 뜻입니다. 육체는 막히면 아프고 통하면 편안합니다. 마음은 더 말할 것도 없습니다. 참 기묘한 것은 상대의 마음은 몰라서 괴롭고 내 마음은 너무 잘 알기에 괴롭다는 것입니다.

내 모습은
내가 만듭니다

74년째 목회 활동을 하는 방지일 원로목사는 올해 백 살의 나이에 접어들었는데도 매우 건강합니다. 그분께 비결을 물었더니 명쾌하게 답했습니다.

"녹스는 게 두렵지, 닳아 없어지는 건 두렵지 않습니다."

그렇습니다. 사람이든 기계든 사용하지 않으면 반드시 녹슬고 맙니다. 그런데 사람들은 닳아버리는 걸 두려워합니다. 사용하지 않으면 삭아버리는 게 육신이고 정신이고 인생인데 말입니다.

사람으로 태어난 것만으로도 엄청나게 특별합니다. 그 특별한 능력과 재주를 사용하지 않아 녹슬게 하는 건 자신을 보잘것없게 만들고, 스스로를 모독하는 것인지도 모릅니다.

한 조사에 따르면, 사람은 두뇌와 타고난 재능을 대체로 1퍼센트도 사용하지 않는다고 합니다. 성공하고 출세하고 널리 존경받는 사람들은 비교적 자신의 두뇌와 재능을 1퍼센트 이상 사용했다고 말하기도 합니다.

닳는 걸 두려워하지 않는 사람들이 성공합니다. 자신의 영혼과 육신을 녹슬게 하는 건 허수아비처럼 그냥 꽂혀 있는 것과 같습니다. 젊은이라면 허수아비에게 혼을 불어넣어 웃으며 춤추게 할 수 있는 정열이 있어야 합니다.

영어의 '프레젠트(present)'에는 '선물'이라는 뜻도 있지만 '현재'라는 뜻도 포함되어 있습니다. 뒤집어 생각해 보면, 과거와 미래는 선물이 아니라는 뜻이기도 합니다.

지난 일에 매달리지 말고 앞으로 닥칠 미래의 일들에 너무 집착하지 않아야 합니다. 지난 일들이 지금의 내 모습을 만들었고, 현재의 내 행동이 미래의 내 모습을 만든다는 걸 알아야 합니다. 내일 선물을 받고 싶다면 오늘 수고를 아끼지 말아야 합니다.

더구나 비싸고 좋은 선물을 받고 싶으면 더 힘든 일도 마다하지 않아야 합니다.

우리는 원하는 대로 세상이 변화되기를 고대합니다. 남을 변화시키고 세상을 바꾸기란 정말 쉽지 않습니다. 내가 움직여서 자신을 변화시키는 게 훨씬 쉽고 빠릅니다. 남을 파랗게 물들이려면 내가 먼저 파랗게 물들어야 합니다. 내가 파랗게 젖은 채 다가가면 남들도 조금씩 파랗게 물들기 마련입니다.

억지로 상대를 물들이려고 물감을 뿌리면 달아나버리게 됩니다. 반대로 내가 물들었을 때 상대가 다가오는 것을 싫어할 수 있습니다. 그러니 가슴을 늘 열어두어야 합니다. 상대가 기웃거리다가 한 발짝 슬쩍 넘어도 보고 되돌아갔다가 다시 올 수도 있을 만큼 활짝 열어두어야 합니다.

정말 남을 바꾸고 싶다면 내가 먼저 바뀌어야 합니다. 나를 바꾸기는 결코 쉽지 않습니다. 내가 나를 감동시키는 게 어찌 쉽겠습니까. 그래서 지금의 내 모습부터 찬찬히 살펴보아야 합니다. 지금의 내 모습은 남이 만든 게 아니라 내가 만든 것입니다.

누구나 밥과 반찬은 씹다가 꿀꺽 삼키지만, 알약을 삼킬 때는 고개를 젖힙니다. 입안을 가득 채우는 음식은 그냥 삼키는데, 몇 알

안 되는 알약을 삼킬 때 고개를 젖히는 것은 오랜 세월의 습관 때문이기도 하지만 심리적으로 먹기 싫다는 느낌이 있어서입니다.

물을 마시거나 알약을 먹는 건 배운 적이 없습니다. 더구나 어려서부터 부모가 강제로 떠먹이거나 삼키게 했기 때문에 거부감이 앞섰던 것입니다. 경황없이 바쁘거나 급할 때는 알약을 입에 넣고 물 한 모금만 마셔도 꿀꺽 넘어가지만 이게 넘어갈까 안 넘어갈까 생각하면 그 순간 목에 딱 걸립니다.

인생도 마찬가지라고 생각합니다. 하기 싫은 걸 억지로 하려면 순조롭지 않습니다. 포기하든가, 그렇지 않으면 슬쩍 생각을 바꾸어 '어차피 피할 수 없는 일이라면 즐겁게 하자'라고 스스로 최면을 걸어야 합니다.

인체에는 다른 사람의 표정을 나도 모르게 따라 하게 되는 거울신경세포(mirror neuron)가 있다고 합니다. 웃고 끄덕이고 호응하면 긍정적 신호로 인식하고, 찡그리고 눈을 가늘게 뜨고 표정이 굳으면 부정적 신호로 인식하게 됩니다. 내 인생은 내 마음이 좌우합니다.

예전엔 등산장비가 비싸고 귀해 구하기 어려웠습니다. 저는 산을 좋아해서 자주 산행을 했는데, 그리 높지 않은 경우에는 바위를 타기도 했습니다. 바위는 오르는 것보다 내려오는 게 더 어렵습니다.

몸이 가볍다는 소리를 듣던 저는 한번은 멀리 돌아가는 게 귀찮아 바위를 조심스럽게 타고 내려왔습니다.

올라갈 때는 별로 가파르지 않은 듯했는데 내려올 때는 아차 싶었습니다. 중간쯤 내려오자 손발에 힘이 빠졌고, 아래를 내려다보니 아찔했습니다.

이대로 미끄러지면 크게 다치거나 영영 산에 올 수 없게 될지 모른다는 불안과 공포가 엄습했습니다. 이럴 때는 겁을 먹고 당황하기 십상이고 그래서 사고가 나는 경우가 흔합니다.

그 절박한 순간에 선배의 말 한 마디가 퍼뜩 떠올랐습니다. 손톱의 힘으로 절체절명의 위기에서 벗어난 등산가의 이야기가 제게 희망을 주었습니다. 무사히 바위를 타고 내려온 뒤 손톱을 보니 다 부서지고 닳아 엉망이었지만 제게는 엄청난 교훈을 남겨주었습니다.

저를 구해준 것은 손톱만큼의 힘이었습니다. 그렇습니다. 희망과 행복과 기쁨은 손톱만큼의 힘만 있으면 획득할 수 있습니다. 힘겹고 어려울 때 조금이라도 힘을 보태야 나를 바꿀 수 있습니다.

가능성도 내가 만드는 것이고 희망과 미래도 모두 스스로 만드는 것입니다.

방황해도
괜찮습니다

외국 지도와 교과서에 잘못 기재되어 있는 '일본해'를 '동해'로 바로잡고 다케시마를 독도로 바로잡는 활동으로 널리 알려진 사회봉사단체 '반크(VANK: Vouluntary Agency Network of Korea)'는 가장 영향력 있는 민간외교사절단이란 평가를 받습니다.

반크를 이끌어온 박기태 단장은 많은 어려움을 겪은 인물입니다. 외고 진학 실패, 유명대학 진학 실패, 취업 실패……. 그는 생각했습니다. '내가 왜 언제까지 이런 시스템에 끌려다녀야 하지? 그럴 바에는 차라리 내가 하고 싶은 걸 하자.'

그렇습니다. 내가 하고 싶은 걸 해야 합니다. 하고 싶은 걸 하려면 내가 어디에서 왔고, 누구이며, 왜 사는가를 알아야 합니다. 그러면 어떻게 살아야 할지를 알게 됩니다.

내가 꽃처럼 향기를 뿜으면 남을 기쁘게 하고, 내가 쓰레기처럼 냄새를 풍기면 남을 찡그리게 합니다. 내가 남에게 희망이 되면 남을 행복하게 하고, 내가 남에게 절망이 되면 남을 화나게 합니다.

매우 건실한 어느 청년 모임에서 '청춘, 방황해도 괜찮아!'라는 구호를 내걸고 고민에 빠진 친구들을 모아 아픈 가슴을 다독이며 어울리는 걸 보았습니다. 청춘시절에는 꿈이 크고 많기에 방황하는 게 당연합니다. 방황해 봐야 어디에 무엇이 있고 어디로 가는 게 좋으며 무엇이 되는 게 근사한지를 살펴보게 됩니다.

방황은 청춘을 갉아먹는 게 아니라 지도와 나침반을 얻는 것과 같습니다. 처음에는 지도를 보기도 쉽지 않고 나침반 사용법도 서툴기만 합니다.

지도와 나침반은 목표지점을 찾아가기 위해 꼭 필요한 도구입니다. 학문, 재능, 기술, 실험, 연습, 훈련 따위는 인생을 근사하게 살아가게 하는 도구이지 삶의 본질은 아닙니다. 젊음에는 고뇌, 갈

등, 불안, 근심, 걱정, 두려움이 따라붙습니다. 꿈이 크기 때문입니다. 그러나 영원히 지속되는 것은 아닙니다. 스쳐 지나가는 것이니 그 안에 사로잡히지 말고 부지런히 나아가야 합니다.

사람들의 능력은 거의 비슷비슷하다고 합니다. 그러나 큰 꿈을 가지고 있는지 그렇지 않은지, 꿈을 포기하는지 아닌지에 따라 인생에는 큰 차이가 생깁니다. 목표가 분명해야 합니다. 그래야 힘겹고 고통스럽더라도 꿈을 갈고닦을 수 있습니다.

젊음, 그 찬란한 시절에는 실패해도 용서받을 특권이 있고, 근사하게 살아야 할 의무가 있으며, 희망을 포기하지 않을 책임이 있습니다.

젊음, 천하에서 가장 존귀한 이름입니다. 그래서 젊은이는 인생을 근사하게 살아야 할 의무가 있습니다. 세상의 진정한 주인 노릇을 해야 합니다. 그대가 세상의 주인이니까요.

불편을 마음껏 즐기십시오

　　고통스러움과 불편함을 극복하는 가장 좋은 방법은 고통과 불편을 그 자체로 즐기는 것입니다. 말은 그럴듯한데 실제 그런 상황이 닥치면 즐기기는커녕 원망이 앞서곤 합니다. 빙판에서 넘어졌을 때 화를 낸다고 아픈 게 낫지 않습니다. 얼른 일어나서 아픈 데를 살피고 추스르는 게 현명한 방법입니다.

　　옛 어른들은 그럴 때마다 "더 큰 사고를 당하지 않게 미리 알려준 아주 좋은 예방주사였다"고 가르쳤습니다.

　　암으로 고생하다가 요절한 어느 교수는 마지막 강의 때 이런 명언을 남겼습니다.

"죽음의 신을 골탕 먹이는 방법은 오래 사는 게 아니라 잘 사는 것이다."

힘겨운 투병으로 온몸을 갈기갈기 찢는 듯한 통증 속에서도 그는 끝까지 강의실을 지켰고, 논문을 쓰고 학생들을 지도했습니다. 원망하거나 암에 걸린 자신을 탓하지 않고 암세포와 함께 잘 사는 방법을 택했습니다.

그는 자신이 처한 상황을 즐긴 것입니다. 어찌 원망이 없고 여한이 없을까마는 끝까지 강단에서 학생들에게 '희망'을 나누어주었습니다. 병마와 싸우느라 신음하며 학생들을 외면했던들 그의 언행에 누가 감동을 받겠습니까.

말은 누구나 근사하게 할 수 있지만 말에 걸맞은 행동을 보여주기는 정말 어렵습니다. 장애를 딛고 성장해 서강대학교 교수가 되어 주옥 같은 글을 남겼고, 암 투병을 하며 많은 사람들에게 감동을 주었으며, 암이 재발했음에도 담대하게 희망을 세상에 흩뿌려준 고(故) 장영희 교수가 남긴 말은 제 가슴에 뜨거운 불덩어리로 남아 있습니다.

"신은 다시 일어서는 법을 가르치기 위해 사람을 자꾸 넘어뜨린다."

이런 말을 들으면 신이 참으로 악랄한 게 아닌가 하는 생각도 듭니다. 처음부터 일어서는 법을 가르쳐주고 넘어뜨리지 않으면 될 것을 왜 넘어뜨리면서 서는 법을 가르쳐주는 것인지요.

갓난아이는 혼자 마음 놓고 걸을 수 있을 때까지 수없이 넘어집니다. 우리는 모두 수없이 넘어져본 이후에야 성장합니다. 살아가면서 넘어질 수밖에 없을 때 남이 일으켜주기를 기다리지 말고 스스로 일어나야 한다는 뜻이라고 생각합니다.

자신을 사랑하는 것이
우선입니다

제가 대학에서 학생들을 가르칠 때, 자랑인 듯해서 얘기하기 좀 쑥스럽지만, 제 강의의 수강생이 무려 2천5백 명이나 된 적이 있습니다. 보통 5백여 명 정도 제 강의를 신청했는데, 어느 학기엔가 학생들이 물밀듯이 밀려들었습니다. 제가 잘 가르쳐서 그런 게 아니라 제 수업방법이 그 당시만 해도 유별난 탓이었습니다. 강의 첫날 저는 학생들에게 딱 두 가지만 당부했습니다.

첫째, 내 과목만은 시험공부를 하지 말라는 것입니다. 이미 입시 지옥을 겪었고 이제는 대학생이 되었으니 한 번쯤 시험에서 벗어나 자유롭게 공부하라는 뜻이었습니다. 시험감독도 하지 않을 것이며 점수를 후하게 주겠다는 약속도 잊지 않았습니다.

학기 초에 약속한 대로 저는 학기말 시험 때 칠판에 '오늘 만약 현금 1억 원이 생긴다면?'이라고 쓴 뒤 강당을 막 나가려고 했습니다. 그런데 시험문제를 출제하고 나가는 저보다 먼저 답을 쓰고 나가는 학생이 있었습니다. 저는 그 학생이 엎어놓고 나간 답안지를 뒤집어보았습니다. 그리고 흔쾌히 웃으며 100점 만점을 주기로 작정했습니다. 답안지에 휘갈겨 쓴 글씨는 선명했습니다.

'나에게 그런 행운이 생길 리 없다.'

당당한 뱃심과 호기에 어찌 만점을 주지 않을 수 있겠습니까. 이처럼 젊음은 한바탕 홍겹게 살아야 할 가치가 있습니다.

둘째, 영혼이 불타고 육신이 마를 만큼 정열적으로 사랑하라는 것입니다. 젊어서 열정을 다해 죽을 만큼 사랑하지 않으면 늙어서 반드시 후회하게 됩니다. 사람은 누구나 사랑의 전과자입니다. 그것이 첫사랑이든 짝사랑이든 풋사랑이든 사랑의 전과는 아름답고 지극히 인간적입니다.

구체적으로 사랑의 방법론을 알려주기도 했습니다. 혹 수업을 빼먹거나 시험을 보지 못해도 열정적으로 사랑했다는 증거만 제시하면 만점을 주겠다고 약속했습니다. 인간의 주성분이기도 한 사랑은 공기와 같아서 그것이 없으면 잠시라도 살아갈 수 없습니다.

죽을 만큼 미친 듯이 사랑하면 어려운 일도 못해낼 일도 없습니다. 그러나 연인 사이에 갈등의 골이 깊어지면 지옥에 빠진 듯 고통스럽기만 합니다. 그렇습니다. 천당과 지옥을 모두 경험해 봐야 합니다.

살다 보면 천당에 오른 적보다는 지옥에 빠진 듯한 고통을 당하는 경우가 더 많습니다. 세상의 고통을 이겨내는 지혜는 바로 사랑에서 나옵니다.

헬리콥터가 수직으로 날아오르고 앞으로 내달리고 하는 건 윗날개와 꼬리날개가 함께 돌기 때문입니다. 윗날개만 돌면 헬리콥터는 공중으로 뜰 수는 있지만 제자리에서 맴돌게 됩니다. 날개가 시계 방향으로만 돌기 때문에 기체도 빙글빙글 돌 수밖에 없습니다. 뒤에 있는 꼬리날개는 기체가 맴도는 걸 막아줍니다. 또 높이 날아올라 전진할 수 있게 해줍니다.

젊음의 열정은 헬리콥터의 윗날개와 같습니다. 크게 휘저으며 바람을 일으켜 부력을 만들 정도로 기운이 강해야 떠서 날 수 있습니다. 지혜는 헬리콥터의 꼬리날개와 같다고 할 수 있습니다. 작게 휘돌지만 방향을 잡아주고 추락을 막아줘야 하기 때문입니다. 헬리콥터가 비행하려면 윗날개와 꼬리날개가 함께 돌아야 하듯이, 인생을 멋있고 아름답게 살려면 열정과 지혜가 서로 조화되어야 합니다.

젊은 시절을 지혜롭게 사용하는 방법은 무엇이겠습니까. 참으로 지극하게 사랑하는 것입니다. 먼저 자신을 뜨겁게 사랑하고 연인을 뜨겁게 사랑해야 합니다. 또한 주변 사람도 따뜻하게 사랑해야 합니다. 사람과 사람이 만나면 즐거워야 합니다. 사람을 만나 불편하게 되면 인연의 고리는 풀어질 수밖에 없습니다.

매일 마주치는 사람은 무수히 많지만 모두 인연이 맺어지는 건 아닙니다. 그러나 필연이라는 게 있습니다. 결코 우연히 맞닥뜨린 게 아니라 만날 수밖에 없는 근원이 있습니다. 이 나라에서 태어나 별고 없이 살아왔기에 상대를 만나게 되었다는 사실 하나만으로도 모든 만남은 필연이라 할 수 있습니다.

사람과 사람이 만나서 이뤄지는 가장 멋진 일은 서로 사랑하는 행위입니다. 사랑 때문에 인류가 지금까지 존재합니다. 그렇다면 왜 자신을 불처럼 뜨겁게 사랑해야 할까요. 불은 무엇이든 닿기만 하면 사르려고 합니다. 반면에 자신을 태워 세상을 밝히기도 합니다. 에너지가 되어 다른 것에 베풀기도 합니다. 자신을 불사른 사람들 때문에 인류가 행복을 공유합니다.

프랑스 사람 필립 크로아종은 마흔두 살의 남성입니다. 1994년에

TV 안테나를 고치러 지붕에 올라갔다가 2만 볼트나 되는 전기에 감전되어 팔과 다리를 자를 수밖에 없었습니다. 그럼에도 불구하고 그는 자신이 하고자 하는 것은 무엇에든 도전해 혼자 해내려고 노력하였는데, 텔레비전에서 해협을 건너는 다큐멘터리를 본 다음부터는 스스로 바다를 건너겠다고 결심했습니다. 그러고는 하루 5시간씩 2년 동안이나 훈련하였고, 마침내 영국과 프랑스 사이의 도버 해협 34킬로미터를 14시간 동안 쉬지 않고 헤엄쳤습니다.

두 허벅지에 매단 오리발로 발장구를 치고 입에 문 스노클로 숨을 쉬며 시속 3킬로미터 속도로 바다를 건넜습니다. 사지가 멀쩡한 수영 선수들도 9시간 이상 걸린다는 거친 바다에 두려워하지 않고 도전한 것은 자신을 불같이 사랑했기에 가능했던 것입니다. 크로아종은 자신을 활활 태워 실패하고 좌절하고 의욕을 잃은 수많은 사람들에게 희망을 안겨주었습니다.

팔다리가 없는 몸으로 2년간 매일 5시간씩 수영 연습을 하고 거친 바다 속으로 뛰어든 그 열정을 에너지로 환산해 보면 필경 거대한 철골을 녹이는 용광로의 불꽃보다 더 강렬할 것입니다. 아마 그는 작은 화력발전소였는지도 모릅니다. 그래서 스스로 수만 킬로와트의 전구에 불을 밝혀 뭇사람들에게 나아갈 길을 일러준 것입니다. 자신을 사랑했기에 가능한 일입니다.

숨을 쉬는 한
희망은 있습니다

저는 대학시절 학군단(ROTC) 과정을 밟아 소위로 임관된 뒤 곧바로 광주보병학교에 입교해 16주 동안 훈련을 받았습니다. 어느 나라나 마찬가지겠지만 장교 훈련은 매우 고될 수밖에 없습니다. 특히 유격훈련은 처절했습니다. 전쟁 중에 적진에 투입된 군인이 임무를 수행하고 살아 돌아오는 상황을 설정하여 실전처럼 훈련을 해야 하기 때문입니다.

동전 한 닢, 사탕 한 개도 숨길 수 없습니다. 수통에 물 한 방울도 넣을 수 없습니다. 1개 분대 9명씩 조를 짜서 나침반 한 개와 지도 한 장을 주고 A지점에서 B지점까지 4시간 안에 도착해야만 밥을 먹을 수 있었습니다. A지점에서 B지점까지는 쉬지 않고 빠르게 걸어도 4시간쯤 걸렸고, 곳곳에는 가상적군이 숨어 있었습니다. 그들에게 잡히면 실제상황처럼 거꾸로 매달린 채 고춧가루 섞은 물로 날벼락을 맞고 호된 기합을 받아야 했습니다.

제 시간에 도착하는 군인은 거의 없었습니다. 그러니 다음의 C지점에 정해진 시각까지 도착해서 밥을 먹는 군인은 거의 없었습니다. 그러나 기이한 것은 밤늦은 시각에 도착해야 할 D지점에는 거의 모든 군인들이 제 시각에 도착했다는 겁니다.

굶어서 걸을 힘조차 없는 그들은 갈증으로 입술이 바짝 말라 있었고, 땀을 너무 많이 흘려서 군복과 군모에는 허옇게 소금이 서려 있었습니다. 발목을 삐거나 다쳐서 다리를 질질 끌지만 눈빛에는 살기가 등등했습니다.

군인들이 가진 거라고는 오직 지도와 나침반뿐이었을까요? 아닙니다. 그들에게는 희망을 포기하지 않은 자존심이 있었습니다.

'내가 제 시각에 도착하지 않으면 동료들이 단체기합을 받는다. 지쳐 쓰러질지라도 반드시 목표지점에 도착해야 한다. 동료들의 기대를 저버려선 안 된다. 내가 동료들의 희망이다. 죽더라도 도착해서 죽어야 한다.'

군인들은 그런 상황이면 누구라도 이런 생각을 하게 됩니다. 그렇습니다. 그 혹독한 훈련 중에도 동료들에게 희망이 될 생각을 했기에 천신만고 끝에 목표지점에 도착하게 된 것입니다.

　자영농이 아닌 경우 예전에는 전답의 주인이 머슴을 부려 농사를 지었습니다. 가을에 수확을 거둬 돈으로 바꾸면 그 돈은 주인의 것이지 땀흘려 일한 머슴들에게는 주어지지 않았습니다.

　소는 사람보다 힘이 세지만 코뚜레에 꿰여 사람의 지배를 받고, 말은 사람보다 힘이 세고 잘 달리지만 굴레에 씌인 채 사람의 뜻에 묶이며, 개는 사람보다 빠르지만 목줄에 묶여 사람에게서 벗어나지 못합니다.

　머슴이나 개처럼 살 것인지 주인으로 자신의 것을 챙길 것인지를 물어보면 누구라도 주인처럼 살고 싶다고 말합니다. 정말 주인처럼 한세상을 살고 싶다면 지금 자신의 목에 스스로 채운 목줄을 잘라버려야 합니다. 나를 묶어놓은 목줄은 결코 남이 만들어 채운 게 아닙니다. 내가 스스로 만들어 내 목에 채운 것입니다.

　잘라버리면 그만인데도 많은 사람들이 스스로 풀지 못하고 누군가가 풀어주기만을 바라고 있는 듯합니다. 남이 채운 목줄에 매여 산다면 그 사람의 인생은 '머슴 인생'이 분명합니다. 그렇게 살지 않으려면 지금 내 목을 옭아매고 있는 사슬이 무엇인지 찾아보아야 합니다. 거의 대부분이 돈, 명예, 권력, 건강, 인물, 학력, 직업 따위일 것입니다.

그런 것들에게 노예처럼 끌려다니면 죽을 때까지 시달려야 하고 재미없게 살 수밖에 없습니다. 그런 것들에 끌려가지 않고 내가 끌고 가겠다는 배짱이 있어야 합니다.

우리가 흔히 말하는 출세한 사람들이나 성공한 사람들은 자신을 이겨낸 사람들입니다. 사람들은 출세를 흔히 남을 뛰어넘는 출중한 행위라고 생각합니다. 출세는 남을 이기는 것이 아니라 나 자신을 이긴 사람들의 몫입니다.

남을 이기려고 작정하면 천하 사람들이 적이 되어 나를 가로막고 나섭니다. 그러나 나를 이겨버리면 내 앞에 선 사람들이 모두 비켜섭니다.

묵묵히 일하는 사람이
세상을 바꿉니다

삶은 멀리에서 보면 희극이고 가까이에서 보면 비극이라고 합니다. 어떤 이야기가 불행으로 끝나면 비극이고 행복으로 마무리되면 희극이라고 합니다. 우리는 인생이 비극이나 희극으로 전개되는 이유를 나에게서 찾지 않고 남에게서 찾곤 합니다.

아리스토텔레스는 『시학』에서 갈등구조는 나보다 상대가 많이 갖거나 내 것을 빼앗았다고 느낄 때 분출하는 분노에서 형성된다고 했습니다.

한 사람의 장점은 그 사람의 단점이 만들어낸다는 말이 있습니다. 위대한 예술가의 전기를 살펴보면 대개 극심한 콤플렉스 때문에 반대로 세상의 빛이 되었다는 걸 알 수가 있습니다. 어느 분야에서든지 크게 이룬 사람들은 열등감, 고통, 좌절, 가슴앓이를 하며 몹시 힘겹게 투쟁하고 온몸을 불사르듯 열정을 바쳤습니다. 그랬기에 그들의 현재가 가능했습니다.

인생은 결코 순탄하지 않습니다. 태어나서 죽을 때까지 참으로 많은 우여곡절을 겪게 마련입니다. 순탄할 때에는 대충 살아도 그만이지만 실패했거나 좌절했거나 고통스러울 때에는 내 모든 걸 걸고라도 뒤집어보려는 배짱이 있어야 합니다.

'스페로 스페라(spero spera)'라는 라틴어 경구가 있습니다. '숨을 쉬는 한 희망은 있다'는 뜻입니다. 그렇습니다. 희망은 분명 당신 것입니다.

세상 어떤 치료법보다도 좋은 치료법은 희망과 열정입니다. 운을 바라는 것은 자신을 걸고 도박하는 것과 같습니다. 도박을 하려면 재산이나 명예를 걸고 해야지 생명과 인생을 걸어서는 안 됩니다.

늙음과 죽음을 막을 수 없기에 삶이 숭고합니다. 숭고한 노년과 죽음의 모습을 면밀히 살펴보면, 그것이 곧 인생과 생명의 문제임을 알 수 있습니다. 늙어가는 것과 죽음을 막을 수 없기에 살아 있는 동안 열정을 다 바쳐야 합니다.

한 시대를 풍미했던 비틀즈의 노래는 세월이 가도 우리들의 가슴을 적십니다. 비틀즈 최고의 명곡으로 손꼽히는 〈예스터데이〉는 폴 매카트니가 만든 노래입니다. 꿈속에서 현악 앙상블을 들었는데 그 선율이 너무도 선명하고 깨어난 뒤에도 기억이 또렷해 가사를 붙여 만들었다고 합니다.

어쩌다 우연히 그런 꿈을 꾸었을까요? 아닙니다. 가수로서 명곡을 만들어 부르고 싶다는 염원이 의식을 흔들어 깨웠고, 그 의식은 무의식을 거쳐 단련되었으며, 강렬한 욕구가 끓어오르는 열정으로 현몽하듯 그에게 새로운 선율로 다가온 것입니다.

그런 현상이 어찌 가수에게만 있겠습니까. 우리가 이만큼 문명을 누리며 살아가는 것은 누군가의 열정이 불꽃이 되고 꿈이 되고 희망이 되고 발명이 되었기 때문입니다.

사람은 누구나 열등감을 벗어던지고 세상의 강자가 되고 싶어합니다. 돈, 명예, 권력 중에 한 가지라도 가졌으면 합니다. 그것도 고생하지 않고 쉽게 얻었으면 합니다. 그러나 진정한 강자는 육신의 강자가 아니라 정신의 강자라는 사실은 동서고금을 통해 입증되었습니다.

우리는 흔히 성인이나 위인 또는 이름이 널리 알려진 인물을 강자라고 생각합니다. 하지만 인류가 존재할 수 있는 힘이 어찌 그런 분들의 업적에서만 비롯되었겠습니까. 묵묵히 농사 짓는 농부들과 고기 잡는 어부들과 일터에서 능력을 발휘하고 있는 무수한 사람들 때문에 세상은 이만큼 돌아가고 있는 것입니다.

2장

얽매이거나
움츠러들 때 뿌리칠
여섯 가지

내가 저지른 것이니 내가 해결해야 하는데, 우리는 그것을 누군가 대신 해결해주고 세상은 내가 원하는 대로 변하기를 바라곤 합니다. 인생은 누가 대신 살아주는 게 아닙니다. 내가 애쓰며 살아가야 하는 것입니다. 내 고뇌를 대신 짊어지고 갈 사람은 없습니다. 세상 온갖 것들을 다 짊어지고 갈 수는 없습니다. 멀리 가려면 가볍게 꾸려야만 합니다.

운명에
연연하지 마세요

어쩌면 인간은 그럭저럭 살아가는 존재인지도 모릅니다. 인생에 대한 정답이 분명하게 있다면 무엇 때문에 평생을 헤매며 살겠습니까. 인생은 울기도 하고 웃기도 하며 살라는 게 하늘의 뜻일 것 같습니다. 완벽한 자유를 얻으려고 너무 애쓰는 것도 참자유 같지는 않습니다.

어느 학자가 토정 이지함 선생의 『토정비결』을 분석했더니 꿈·희망·자신감 등 좋은 것은 전체 중 65퍼센트였고, 건강·처신·재물 등 좋지 않게 나오는 것이 35퍼센트 정도였다고 합니다.

저도 가끔 재미 삼아 『토정비결』을 본 적이 있습니다. 말은 재미로 본다고 하면서 은근히 행운을 바라거나 좋은 일이 생기기를 고대하곤 했습니다. 그런데 늘 좋은 것과 나쁜 것이 뒤섞여서 이렇게 해석하면 좋고 저렇게 해석하면 일 년 운세가 썩 좋지 않아 참 아리송했습니다.

『토정비결』을 볼 때마다 어느 달에는 귀인이 나타나 도와주고 어느 달에는 손재수가 있거나 조심해야 할 것이 꼭 있었습니다. 살다 보면 좋은 일도 생기고 나쁜 일도 생기기 마련입니다. 『토정비결』에 나온 그대로는 아니지만 그런 일들이 무수히 반복되곤 합니다. 그게 인생이 아닐까요?

신문에서 띠별로 그날의 운세가 간략하게 나열되어 있는 것을 볼 수 있습니다. 그것들이 혹시 틀리지 않고 다 맞던가요? 어쩌다 맞는 경우도 있습니다. 우리가 오늘의 운세를 자꾸 보게 되는 것은 나쁜 것을 예방하겠다는 것보다는 좋은 걸 기대하는 심리 때문일 것입니다.

오늘의 운세나 토정비결이나 사주팔자 따위가 딱 떨어지게 맞는다면 정말 세상 살맛이 날까요. 아마 불안하고 두려워서 살맛이 안 날 것 같습니다.

젊어서 민속학을 입맛 다실 만큼만 공부한 적이 있습니다. 그래서 친구들이나 편한 사람을 만나면 장난삼아 운세를 봐주곤 했습니다. 대충대충 지껄여도 상대는 무릎을 치며 맞다고 했습니다. 그럴 때마다 사람 사는 게 다 그렇고 그렇다는 생각이 들었습니다.

예를 들어 마주 앉은 사람에게, "혼자 있을 때는 외로움을 자주 느끼죠? 둘이 있으면 참 정다운 성격이고, 여럿이 모이면 아주 즐거워하네요. 그래서 사람들이 그대를 좋아하는 편이지요" 하면 웬만한 다들 "맞아 맞아!" 하고는 했습니다.

그러나 한번 생각해 보세요. 대부분 사람들은 혼자일 때 외롭고 둘이 있으면 정답고 여럿이면 절로 어울리기 마련입니다.

이렇듯 운세와 관상은 남이 만들어주는 게 아니라 스스로 만드는 게 분명합니다. 자유도 스스로 누린 것만큼만 내 것이 됩니다.

병상에 누워 힘겹게 병마와 싸우는 스승을 찾아가 이런저런 얘기를 나누다 세상을 어찌 살아가야 할지 모르겠다고 했더니 스승께서 웃으며 말했습니다.

"그냥 살아!"

애태우며 사는 제가 몹시 가여워 보였기에 그렇게 일러준 것 같았습니다.

인생은 힘들 수밖에 없습니다. 사람은 그 역경을 이겨냈을 때 빛나 보입니다. 화를 낸 것도, 괴로워한 것도, 걱정에 매달린 것도 나이기에 그것들을 풀어 던지는 것도 나입니다. 그러기에 스스로 해야 하지만 그게 잘 되면 무슨 근심이 있겠습니까.

내가 저지른 것이니 내가 해결해야 하는데, 우리는 그것을 누군가 대신 해결해 주고 세상이 내가 원하는 대로 변하기를 바라곤 합니다. 인생은 누가 대신 살아주는 게 아닙니다. 내가 애쓰며 살아가야 하는 것입니다. 내 고뇌를 대신 짊어지고 갈 사람은 없습니다. 세상 온갖 것들을 다 짊어지고 갈 수는 없습니다.

멀리 가려면 가볍게 꾸려야 합니다. 가볍다, 참 가볍다, 하며 걸어가는 게 곧 인생의 자유로움입니다.

학력에
연연하지 마세요

저는 4전 3패 1승으로 겨우 대학에 입학했습니다. 마지막 1승도 참 절묘합니다. 그때는 합격자 발표를 붓글씨로 세로쓰기해 대학 본관 건물 벽에 붙이던 시절입니다. 전후기 전형이 있던 시절. 1년 재수한 데다 전기대학을 낙방했으니 후기대학에도 떨어지면 군대에 가거나 지겹더라도 삼수생 노릇을 해야 할 판이었습니다.

합격자 발표날, 저는 마음을 졸이며 벽을 올려다보았습니다. 종합대학교이기에 제가 지원한 국문학과 합격생 이름이 맨 앞줄에 쓰여 있었습니다.

맙소사, 제 이름이 없었습니다. 합격자 명단을 쓰는 사람이 깜빡

하고 다른 칸에 썼을지도 모른다며 떨리는 가슴으로 주욱 훑어 내려갔지만, 역시나 없었습니다. 제 이름 대신 사학과의 박홍식이라는 이름이 눈에 확 들어왔습니다. 애꿎게도 그것이 잘못 쓰여진 것이기를 얼마나 간절히 바랐는지 모릅니다.

야간열차를 타고 시골로 내려가는 기차에서 저는 살아서 뭐하나 싶어 몇 번이고 뛰어내리고 싶은 충동을 느꼈습니다. 새벽에 고향역에 도착할 때까지 오만가지 생각을 했지만 차마 죽지 못해 집으로 갔습니다.

그날 저녁부터 저는 작정하고 유서를 쓰기 시작했습니다. 그런데 어찌된 일인지 글쓰기가 쉽게 멈춰지지 않았습니다. 이걸 다 쓰고 나면 더 이상 살아 있을 수 없다 생각했기에, 솔직히 죽기는 싫었는지 며칠 내내 뭔가를 끄적거릴 수밖에 없었습니다. 만약 그때 잘못된 결정을 내렸으면 정말 어쩔 뻔했을까요. 이 글을 쓰는 지금 이 시간도 절대 없었겠지요.

그때 저는 죽는 것도 사는 것만큼 어렵다는 걸 알았습니다. 그러고는 좌절감에 넋이 빠진 듯 방황하기 시작했습니다.

그런데 며칠 후 저녁, 매우 놀라운 일이 벌어졌습니다. 우체국 과장과 집배원이 우리 집을 찾아와 합격통지서와 등록금 고지서를 내놓았던 것입니다. 등록 마감일은 바로 다음날이었습니다. 우체국이 새 청사를 지어 이사하는 와중에 발견된 통지문 봉투는 겉봉의 수취인 이름이 지워지고, 대학교 이름과 주소만 남아 있었다고 했습니다.

입학철이라 혹시나 하는 마음에 걱정이 되어 개봉했더니 합격통지서에 희미하게 제 이름이 있어 읍내에 있는 두 곳의 고등학교에 연락했고, 다행히도 주소를 확인해 황급히 찾아왔던 것입니다. 어머니는 친척들과 동네사람들에 급히 사정 얘기를 해서 돈을 마련했고, 저는 이튿날 새벽기차로 득달같이 달려가 학교 경리과에 등록금을 낼 수 있었습니다.

입학한 뒤에 들어보니 동기들은 모두 등록금을 은행에 냈다고 했습니다. 왜 나만 경리과에 등록금을 내야 했을까 의아해 하던 때, 기숙사 입소 서류를 만드는 과정에서 저는 기가 막힌 사연을 뒤늦게 알게 되었습니다.

저는 20명을 뽑는 국문과에 21등으로 낙방했던 것이고, 나중에 두 명이 등록하지 않아 순번에 따라 추가로 합격되었던 것입니다. 상황이야 어쨌든간에 마음은 날아갈 듯이 기뻤습니다. 합격생 모두가 등록금을 냈더라면 제 인생이 어찌되었을까 생각하니 하늘의 특별한 은총을 받았다는 생각까지 들었습니다.

남들은 1차 대학이나 일류대학에 입학하지 못한 것에 열등감을 느끼거나 인기학과에 들어가지 못한 걸 속상해 했지만 저는 2차 대학, 그것도 당시에 별로 인기가 없던 문과대학의 국문과 학생이 된 걸 천당에 오른 것만큼이나 기뻐했습니다. 그러했기에 문인 배출의 불모지 같았던 우리 학과에서 저 나름대로 소설 쓰기에 집중하여 결국 제 존재 가치를 가장 분명하게 각인시킬 수 있는 소설가가 될 수 있었습니다. 시작부터 평탄하지 않은 삶이 저를 단련시켜 오늘날의 저를 만든 것입니다.

이른바 출세했다는 사람들조차 일류대학을 나오지 못한 것에 괜히 주눅이 들어 뒤늦게 명문대학교의 대학원을 수료하고는 대학원 학력만을 내세우는 경우가 종종 있습니다.

저는 대한민국 최초의 밀리언셀러로 역사에 기록된 장편소설 『인간시장』으로 세상에 알려지기 전부터 어느 대학 출신이라는 걸 자랑하곤 했습니다. 제 출신학교 자랑이 가상하다고 말하는 사람들에게 저는 "국적은 바뀌어도 학적은 바꿀 수 없잖습니까?"라고 되묻곤 했습니다.

일류대학 출신도 아니고 좋은 직장에 못 다니며 가진 것도 별로 없고 물려받을 것도 없으며, 인물이 뛰어나지 못하고 미래도 왠지 불안하다고 생각할 수밖에 없었지만, 저는 "그게 뭐 어쨌다고!"하며 괜히 배짱을 부려보곤 했습니다.

제 가슴속에 숨겨놓은 열등감은 시시때때로 머리를 쳐들고 밖으로 나오곤 했습니다. 전들 어찌 일류대학 일류학과 출신이고 싶지 않았겠습니까. 전들 어찌 남들이 부러워하는 잘난 사람이 되고 싶지 않았겠습니까.

그러나 머리를 바짝 쳐들어도 이미 그런 것들은 저를 거들떠볼 생각도 하지 않았습니다. 요령 따위는 결코 내 열등감을 해결할 수 없으니 진짜 배짱 한번 부려보자는 오기가 생겼습니다.

미국의 코넬대학 연구팀은 1992년 하계 올림픽에서 은메달과 동메달을 딴 선수들의 표정을 비디오로 찍어 비교 분석하였는데, 기대치를 어디에 두느냐에 따라 선수들의 표정이 달랐다고 합니다.

은메달을 딴 선수들보다 동메달을 딴 선수들이 더 행복하고 흐뭇한 표정이었는데, 분석 결과가 참 재미있습니다. 은메달을 딴 선수들은 조금만 더 열심히 했으면 금메달을 목에 걸었을 거라는 아쉬움 때문에 표정이 어두운 것이고, 동메달을 딴 선수들은 하마터면 메달권에 들지 못해 시상대에 오르지 못했을 텐데 다행이라는 안도감 때문에 표정이 밝다는 것입니다.

우리는 통상 금, 은, 동 메달 순으로 기뻐하는 표정이 될 거라고 생각하기 십상입니다. 기대치를 어디에 두느냐에 따라 표정이 바뀌는 건 곧 마음의 평화가 외부에서 생기는 게 아니라 내 생각과 내 마음에서 생긴다는 뜻입니다.

마음속 두려움에
연연하지 마세요

오른손을 다쳐서 전혀 쓰지 못했던 때가 있습니다. 세수하고 밥 먹는 것은 물론 급한 원고도 쓸 수가 없었고, 잠자리에 들어도 뒤척일 때마다 통증으로 놀라 깨어나곤 했습니다. 할 수 없이 원고는 구술해서 다른 사람이 타이핑을 한 뒤 제가 거듭 확인한 다음에야 겨우 보낼 수 있었습니다.

왼손이 멀쩡한 데도 오른손 중심으로 살아온 탓에 불편하기 짝이 없었습니다. 그렇다고 오른손 다쳤을 때를 대비하여 왼손 쓰기 연습을 하게 되지는 않았습니다.

손이 다 나을 때쯤이면 언제 그랬냐는 듯 아쉬운 줄 모르고 살기 마련입니다. 그러나 분명한 것은 다쳐서 쓰지 못하는 동안 오른손이 무척 소중하다는 걸 알게 된 것입니다.

크나큰 불행을 겪고 있지 않더라도 일상에서 근심, 걱정, 두려움, 불안을 피해서 살 수는 없습니다. 생각이 많고 잘 살고 싶은 욕구가 있어서 그런 것입니다. 누구의 잘못도 아니며 나만 그런 것도 아닙니다. 사람마다 차이는 있을지라도 다 똑같습니다.

누구나 그렇다 해도 근심 걱정을 일부러 만들 필요는 없습니다. 가능하면 덜어내는 게 좋습니다. 현재를 즐기는 사람이 가장 현명한 사람이라고 합니다. 근심 걱정이 생겼을 때 그걸 슬쩍 이용하는 게 지혜라는 뜻입니다.

집 안 어딘가에 휴대전화을 두고 찾지 못하는 경우가 종종 생겨서 밖에서는 진동으로 사용하고 집에 오면 바로 벨소리 모드로 전환해 둡니다. 큰 건물의 지하 주차장에 차를 세워놓고 나중에 어디에 두었는지 몰라 헤매는 탓에 주차구역을 메모하는 습관을 갖게 되었습니다. 건망증을 탓하지만 말고 슬쩍 생각을 바꾸어 준비하니 불편함을 해소할 수 있게 되었습니다.

세상에 대한 끝 모를 두려움은 사람을 고통스럽게 합니다. 두려움의 종류는 다양하고 복잡하며 사람마다 다르기도 하고 비슷하기도 합니다. 실패, 병고, 죽음, 미래 따위는 늘 걱정하고 두려워하게 됩니다. 한평생 살아가면서 절대로 피해갈 수 없는 것들입니다. 어쩌면 우리 주머니 속에 늘 들어 있는 것들인지 모릅니다. 어느 걸 꺼내보아도 두렵지 않은 게 없습니다. 가만히 살펴보면 모든 두려움은 내가 만드는 것입니다. 내가 만드니 내가 해결해야 합니다.

어렸을 때 치기 어린 내기를 한 적이 있습니다. 마을에서 한참 떨어진 외진 곳에 있는 공동묘지에 갖다 둔 딱지나 구슬을 가져오는 것으로 서로의 담력을 테스트하는 놀이였습니다. 대낮에 남자애들은 칡뿌리를 캐고 여자애들은 나물을 캐기도 했지만, 밤이 되면 담력 좋은 아이라도 꺼리는 곳이었습니다. 달 밝은 밤에는 좀 덜했지만 그믐날 밤이면 오금이 저리도록 무서웠습니다.

그런데도 겁쟁이 소리 듣지 않고 왕따가 되지 않으려고 죽을힘을 다해 공동묘지 한가운데까지 달려가 딱지를 집어 들고 정신없이 내달렸습니다. 귀신은 꼭 어두운 밤에 나타나고 해코지를 할 거라는 막연한 생각과 귀신을 보았다는 사람들의 얘기와 죽음에 대한 근원적 두려움이 아이들을 겁에 질리게 했던 것입니다.

낮에는 괜찮은 곳이 밤에는 두려운 곳으로 변하는 원인은 공동묘지 자체에 있었던 것이 아니라 우리들의 고정관념 탓이었습니다.

그런데 고정관념을 깨트리는 아이들이 있었습니다. 바로 공동묘지와 가까운 산동네에 사는 아이들이었습니다. 그들은 야심한 밤에도 공동묘지를 놀이터로 삼아 술래잡기도 했고, 밤에 귀신을 부른다는 피리도 불었습니다. 귀신이 치마 입은 여자애는 치마로 코를 막고 목을 조른다는 소문이 있었는데도 그 동네 여자애들은 치마 입고 고무줄뛰기를 하며 놀았습니다.

귀신의 존재를 믿고 두려워한 우리 동네 아이들과는 달리 그 마을 아이들은 귀신 따위는 없다고 생각했기에 두려움이 없었던 것입니다. 물론 귀신이 출현한 적도 없었지요.

두려움은 한낱 어리석은 생각에서 나옵니다. 생각의 뿌리가 허약하기 때문입니다. 따지고 보면 두려워할 일도, 무서운 일도 전혀 아닌데 말이지요.

경제력에
연연하지 마세요

왜 사느냐고 물어보면 저마다 다른 대답을 하겠지만, 정리하면 '행복하기 위해서'라고 요약할 수 있을 것입니다. 행복이란 말이 다소 추상적으로 들릴지 모르지만, 한마디로 '남부러울 게 없는 인생살이'라고 말할 수 있습니다.

지금까지 들어온 거의 대부분의 행복도 설문조사에서 '한국인들이 행복하지 않다'는 결과를 보았습니다. 경제지표로 따지면 우리나라가 행복도 상위 국가여야 하는데 늘 뒷전을 맴도는 까닭을 저 나름대로 살펴보았습니다.

첫째는 행복의 관점에 문제가 있는 것 같습니다. 우리나라 사람들은 흔히 욕구의 성취를 행복으로 인식하고 있는 것 같습니다. 원하는 것을 이루는 게 행복이라고 여기는 것이지요. 특히 돈에 대해서 지나치리만큼 집착합니다.

수십 년 동안 한국 사회를 지배한 것도 성취욕구였습니다. 1960년 대 초반, 한국의 1인당 GNP는 불과 80달러 정도에 불과했습니다. 그런데 40년 만에 무려 250배가 넘을 만큼 빠른 속도로 2만 달러를 돌파했습니다. 세계사에 유례가 없는 놀라운 성장이었습니다.

부탄은 지난 10여 년 동안 GNP가 1천 달러 수준에 멈추어 있습니다. 그럼에도 높은 행복도를 유지하는 까닭은 욕구를 늘려봤자 이루어지기 어렵다는 걸 알기 때문입니다. 그러나 우리나라는 급성장하여 원하는 게 어느 정도 이루어지자 그와 비례하여 사람들의 욕구는 더욱 거세게 일어났습니다.

1980년대 중반, 중동과 아프리카 지역에 진출한 우리 기업의 해외 공사현장을 취재한 적이 있습니다. 가족이 있는데도 5년 동안 휴가를 가지 않은 근로자들을 많이 만났습니다. 깊은 밤까지 술잔을 기울이며 그들과 이런저런 얘기를 나누었는데, 어느 정도 술이

취하자 아내와 아이들이 보고 싶어 미치겠다며 몇 달이 걸리는 한이 있어도 당장 걸어서라도 집에 가고 싶다고들 했습니다.

당황스러웠던 것은 그렇게 말했던 사람이 다음날 아침 가장 먼저 일터로 가버리고 없었던 것입니다. 밤이 되면 가족을 향한 그리움이 절절하다가도 햇살이 밝아오면 현실에 적응할 수밖에 없었던가 봅니다. 휴가 가지 않고 일하면 상여금도 많아지는 데다 고국으로 돌아올 때 항공료도 얹어주고 승진도 빠르기 때문이었겠지요.

당시에는 그런 이들이 마침내 고국에 돌아와서 서울 변두리에 꿈에 그리던 13평짜리 주공아파트 한 채를 장만하곤 했습니다. 그러고는 행복에 겨워 둘러보니 주변 사람들은 20평짜리 아파트에 살고 있었고, 그들은 또 그걸 부러워했습니다. 몇 년 동안 덜 먹고 아껴가며 애써 20평 아파트를 구입하니 25평짜리에 사는 사람들이 넉넉해 보였습니다. 아이들도 커가고 직급도 높아지고 살림도 늘었음에도 욕심을 부려가며 고생고생해서 25평짜리로 이사했습니다. 다시 욕구가 부풀어 30평까지 늘려갔지만 곧 현실적 한계에 부딪히고 말았습니다.

욕구는 마치 고무풍선처럼 부풀어 오르기만 합니다. 부풀어 팽팽해진 풍선은 며칠만 내버려두면 바람이 빠져 쭈글쭈글해집니다. 찌그러진 풍선은 정말 보기 싫습니다. 내 풍선이 그럴수록 남의 풍선은 더욱 팽팽하고 멋져 보이기 마련입니다.

'남부러울 것 없이 살고 싶은 욕구'는 자꾸 부풀어 오르는데 나보다 나은 사람들과 비교해 보니 스스로 모자라고 부족하다는 열등감에 젖어버리게 됩니다. 영원할 것 같은 인생도 멈추는데 어찌 세상사에 멈춤과 막힘이 없겠습니까.

행복은 욕구를 성취하는 것이 아니라 스스로 만족하는 기쁨입니다. 한순간의 즐거움은 쾌락이지만 진짜 기쁨은 보람이 있는 지속적 즐거움입니다. 보람을 얻으려면 어느 정도의 수고가 따라야 합니다. 욕구는 잘 다듬어진 구슬 같아서 조금이라도 기울어진 곳이 있으면 그쪽으로 대책 없이 굴러가기 마련입니다. 그곳이 함정이든 늪이든 가시덤불이든 가리지 않습니다. 그러기 전에 멈출 줄 알아야 합니다.

세상에 실패한 사람은 많지만 성공한 사람은 드뭅니다. 누군들 실패하고 싶겠습니까마는 실패한 사람을 찬찬히 살펴보면 욕구를 절제하지 못한 경우가 흔합니다. 절제는 내가 나한테 내리는 명령입니다. 쉬운 것 같지만 훨씬 어려울 수밖에 없습니다. 남의 명령은 지켜보는 사람이 있으니까 따르게 되지만 내 명령은 나밖에 지켜볼 사람이 없으니까 거역하기 쉽습니다.

명사수는 쏘는 순간 눈을 바로 뜨고 숨을 멈춥니다. 숨 쉬는 미세한 행위에도 화살이나 총알은 빗나가게 됩니다. 인생도 숨을 고르고 목표지점을 똑바로 쳐다보아야만 합니다.

안타깝게도 유명 연예인이 도박으로 처벌받게 된 사건이 있었습니다. 구속되어 재판을 받는 것보다 수백 배 더 견디기 어려운 것은 세상 사람들의 외면과 비판일 것입니다.

더 높은 곳에 오르고자 한다면 지금 내가 서 있는 곳이 얕아 보이고 흔들려 보일 수 있습니다. 그럴 때일수록 눈을 바로 뜨고 숨을 고르게 해야 합니다. 절제는 나를 근사하게 만드는 참으로 아름다운 명령입니다.

욕망에
연연하지 마세요

한국인의 행복도 조사를 평가, 분석한 자료에 따르면 '남에게 잘 보이려는 욕망'이 큰 사람일수록 행복감이 낮았습니다. 남에게 '보이는 행복'을 중요하게 여기는 사람, 즉 체면을 중요하게 여기는 사람은 '느끼는 행복'을 중요하게 여기는 사람, 즉 자신에게 행복이 있다고 생각하는 사람보다 두 배 이상 행복감이 낮다고 합니다. 또한 행복은 겉으로 보이는 객관적 조건이 아니라 개인의 주관적 느낌에 달려 있다는 결론을 얻었습니다.

TV에 출연해서 잉꼬 부부로 소개되고 마냥 행복한 표정을 지어 뭇사람들의 부러움을 샀던 사람들이 불과 얼마 지나지 않아 이혼

했다는 기사를 읽게 되는 경우가 종종 있습니다. 사실은 방송에서 말한 것과는 전혀 다르게 살아왔다는 것이 이후에 드러나는 경우가 종종 있습니다.

타인에게 보여지는 결혼생활이 보다 행복해 보이길 원했을 것입니다. 그만큼 체면을 중요하게 여겼겠지요. 하지만 밖에서 행복을 찾으려고 하면 평생 헤매게 됩니다.

돈이나 명예, 권력 따위를 많이 가져야 행복할 거라고 믿기에 지금의 행복에 만족하지 않는 경우도 있습니다. 러시아의 대문호 도스토예프스키는 "자기가 행복하다는 걸 모르기에 불행하다"고 했습니다.

흔히 욕심을 버리면 근심이 사라지며 마음이 편안하고 행복해진다고들 말합니다. 욕심이란 수고한 것보다 많이 얻기를 바라고 분수 넘치게 복을 받으려 하는 것입니다. 베푼 것보다 더 많이 받으려 하고, 노력하지 않고 그냥 쏟아지기를 바라는 마음입니다. 정당한 수고나 노력으로 얻는 것은 욕심이 아니라 희망이자 원하는 바를 이루려는 마음의 힘이며 우리가 꼭 가져야 할 보람 있는 행위입니다.

돈이나 권력이나 명예에 대한 욕망이 들끓는 사람들을 보면 정당한 방법 대신 비열한 방식으로 욕구를 채우는 경우가 많습니다. 그들을 더 유심히 살펴보면 열등감이 매우 깊습니다. 스스로 열등한 존재라고 여기기 때문에 자신의 모자란 부분을 무리해서 채우려는 욕망에 매달리는 것입니다.

자신과의 소통을 제대로 하지 않은 채 돈이든 명예든 권력이든 빼앗으려고 안달하다가는 인생을 망치게 될 수도 있습니다.

성공의 범위란 어디까지일까요? 남들이 알아주는 지위와 연봉과 아파트와 학력 따위일까요? 물론 그런 것들을 세속적인 성공으로 치부할 수 있습니다. 그러나 내면의 평화, 따스한 가정, 좋은 친구와 이웃, 즐거운 삶, 조금은 베풀 수 있는 여유, 건강한 신체와 늘 웃을 수 있는 긍정적인 생각이 바로 성공의 본질입니다.

기쁘지 않은 성취는 사람을 병들게 하거나 과도한 스트레스를 안겨주어 마침내는 수명을 단축시킬 수 있습니다. 젊은 나이에 성공하면 평균 수명이 짧아진다는 기사를 읽은 적이 있습니다. '출세의 대가가 단명'이라는 제목에서 또 한 번 제 자신을 돌아보게 되었습니다.

역대 미국·프랑스 대통령, 영국·캐나다·호주 총리와 그리고 교황·대법관·노벨상 수상자들의 평균 수명을 비교 분석했더니 취임이나 수상 시기가 빨랐던 사람일수록 평균 수명이 짧았다고 합니다. 또 미국 프로야구 메이저리그 선수 중에 명예의 전당에 오른 143명을 명예의 전당에 이름을 올리지 못한 3,430명과 비교해 봤더니 평균 5년 일찍 사망했다고 합니다.

서울대 의대 임재준 교수는 이런 현상을 "치열한 경쟁에서 성공하기까지의 우여곡절, 높은 자리에 올라서도 걸맞는 역량을 보이기 위해 안간힘을 쓰면서 받은 스트레스와 과로가 원인"이라고 했습니다.

서울백병원 정신과의 우종민 교수도 "항상 남보다 앞서야 하는 경쟁적인 사고와 어릴 때부터 주입된 성공에 대한 강박관념이 이들을 죽음으로 몰아가고 있다"고 지적했습니다.

그런데도 성공하고 행복하려면 '미쳐야 한다'는 해답을 전문가들이 제시하곤 합니다. 여기서 '미치다'는 제정신이 아니어서 언어나 행동이 이상한 것을 말하는 게 아니라 어떤 일에 '몰입하다', '집중하다', '정진하다'는 뜻입니다. 그것을 한마디로 표현하면 '자신을 불사를 만큼의 열정'입니다.

암 치료 전문가의 연구결과에 따르면 암을 '고질병'이라고 생각하는 환자의 치료율은 38퍼센트뿐이지만, 암을 '고칠병'이라고 생각하는 환자의 치료율은 무려 70퍼센트가 넘는다고 합니다. 살아야 한다는 간절한 마음이 환자의 몸에서 병마를 거두어가는 것 같습니다.

웬만한 사람은 암으로 확진되는 순간 정신이 아득해진다고 합니다. 죽음에 대한 공포 때문만은 아닙니다. 치료과정의 고통과 함께 살아온 인생에 대한 회한이 거센 파도처럼 덮치기 때문입니다. 뿐만 아니라 가족과 친지와 세상의 모든 것들과의 이별이 서럽고 죽은 뒤에 따라올 자신에 대한 평판도 억울하게 생각됩니다.

암이라는 낱말 뒤에는 '고통, 불행, 눈물, 우울, 부정, 작별' 따위가 따라붙습니다. 그런데 암을 딛고 일어선 사람들에게는 '희망, 사랑, 웃음, 행복, 긍정, 함께'라는 낱말이 따라붙는다고 합니다.

우리들 가슴에 희망과 감사의 꽃씨를 심어주는 시인 이해인 수녀가 쓴 글을 읽다가 참으로 부끄러움을 느꼈습니다. '오늘 이 시간은 내 남은 인생의 첫날'이고 '어제 죽어간 어떤 사람이 그토록 살고 싶어하던 내일'이라는 글이었습니다. 암 투병 중인 수녀님의 이 글은 저를 깨우치는 채찍이었습니다. 아니 제 옹색한 영혼을 깨우는 벼락이었습니다.

멀쩡한 육신을 가지고 대충 살았고, 지겨워하거나 짜증냈던 날이 저에게도 많았습니다. 젊은 시절, 삶에 애착을 갖는 사람들을 보면 나는 홀로 미련 없이 죽을 수 있을 거라는 생각도 했습니다. 그러나 차츰 나이 들어가며 아프거나 힘이 빠지거나 고뇌에 휩싸일 때마다 그런 제 생각이 어리석다는 것을 알았습니다.

범속한 사람이 어찌 성직자나 현인들의 드넓은 가슴을 닮을 수 있을까마는 암 투병 중에도 담담하게 웃을 수 있는 이해인 수녀의 영혼을 그 한 조각만이라도 닮고 싶었습니다.

인생은 고통, 좌절, 실패를 해체하려는 의지로 이루어지는 것인지 모릅니다. 열정의 원자재는 집념이고 집념의 꽃은 꿈이며 꿈의 열매는 성취입니다.

세상의 모든 기쁨에는 고뇌가 서려 있습니다.
세상의 모든 행복에는 아픔이 깔려 있습니다.
세상의 모든 희망에는 절망이 배어 있습니다.
세상의 모든 사랑에는 번민이 담겨 있습니다.
세상의 모든 아름다움에는 티끌이 묻어 있습니다.
세상의 모든 지혜에는 고독이 스며 있습니다.

이해인 수녀께서 투병을 하며 '암'을 혼자만의 고통으로 생각하지 않고 투병하는 수많은 사람들에게 자신의 고뇌와 사랑을 털어놓았기에 우리들의 심금을 울렸습니다. 성직자인들 어찌 암의 공포에서 자유로울 수 있겠습니까. 마음의 평화를 얻기까지 얼마나 많은 번뇌의 불길이 치솟았겠습니까.

이해인 수녀는 불을 끄기 위해 물을 뿌리지 않고 그 불길을 가슴

시린 사람들에게, 춥고 마음 아픈 사람들에게 나누어주면서 아픔을 그리 담담하게 달랬습니다.

한국인의 행복도는 소득 상위 40개 나라 가운데 39위라고 합니다. 행복하지 않은 첫째 이유는 돈이었습니다. 돈이 없는 게 문제가 아니라 돈이 없으면 패배자라고 생각하는 게 더 큰 장애입니다. 전문가들의 분석에 따르면 돈은 어느 정도 액수가 넘으면 행복과 상관이 없다고 합니다.

돈이 정말 행복의 절대가치라면 그리 돈 많은 사람들이 왜 자살을 하겠습니까? 돈이 행복의 조건 1순위가 된 건 남이 나를 어떻게 생각할까를 먼저 생각했기 때문입니다.

나의 주인은 누구입니까? 바로 내 마음입니다. 돈이 나의 주인으로 군림한다는 건 내가 돈의 노예를 자청한 것과 같습니다. 돈을 행복의 절대가치로 알고 쫓아다니는 것은 자격지심입니다. 결점이 있거나 남보다 못하다는 생각으로 어떤 일을 해놓고 스스로 미흡하다고 자책하는 것은 열등의식입니다.

아무리 크게 성공한 사람이라도 그보다 더 잘나고 더 성공하고 더 멋지고 더 근사한 사람이 있기 마련입니다. 남과 비교해서 만족하거나 행복한 사람은 세상에 단 한 명도 없습니다. 한국 사회에서 이런 자격지심은 정형화되었습니다. 돈, 외모, 학력, 지위 따위에 주눅이 들어 스스로를 보잘 것 없다고 무시하곤 합니다.

나보다 나은 사람은 항상 있기 마련입니다. 10가지 정도로 비교해 보면 나보다 나은 사람들 천지이겠지만, 100가지 정도를 비교해 보세요. 별 차이가 없습니다.

지금의 내 고통이 무엇인지를 알고 싶다면 지금의 내 얼굴과 몸을 살펴보세요. 거짓 없이 내가 먹은 대로, 내가 생각한 대로, 내가 살아온 모습 그대로입니다. 사람은 누구에게나 숨기고 싶은 비밀도 있고 보여주고 싶지 않은 사연도 있기 마련입니다. 그럼에도 감출 수 없는 것은 내 모습에 나타난 삶의 흔적들입니다.

나를 고통스럽게 하는 가장 큰 원흉은 채워지지 않는 욕망입니다. 인생을 다시 살아보아도 욕망은 채워지지 않습니다. 욕망은 지구만큼이나 큰 풍선이라서 죽을 때까지 밤낮없이 불어도 채울 수가 없습니다. 욕망의 크기를 줄이라는 게 아닙니다. 욕망의 내용을 다듬으라는 뜻입니다.

물론 저도 정말 잘 안 됩니다. 그래도 해야 합니다. 왜냐하면 한 번밖에 못 살기 때문입니다. 내 인생이 너무 소중하기 때문입니다. 근사하게 살아야 할 의무가 있기 때문입니다.

죽음에
연연하지 마세요

종이 한 장을 펼쳐놓고 살아 있는 동안 내가 꼭 하고 싶은 것 50가지만 써보세요. 그러고 나서 할 수 있을 것 같은 일과 이루기 어려울 것 같은 일을 나누어보세요. 이렇게 해보면 지금 자기 내면에 있는 갈등이 차츰 선명하게 보일 것입니다. 하고 싶은 것 50가지만 다 이루려고 해도 벅찰 만큼 시간이 많지 않고, 함부로 인생을 허비할 수 없다는 생각을 하게 되지요.

다시 종이 한 장을 펼쳐놓고 큼지막하게 써보세요.

"오늘은 내게 남은 인생의 첫날입니다."

모든 사람이 평균 수명대로 다 사는 건 아닙니다. 평균 수명은 잊어버리세요. 오래 사는 것이 좋은 게 아니라 살아 있는 동안 건강하고 재미있고 편안한 것이 중요합니다. 남은 인생이 얼마가 되었든 지금 새로 시작하겠다는 마음을 먹으면 세상이 그리 어렵지 않습니다. 욕심을 조금만 버리고 주변을 돌아보면 세상은 참으로 살아볼 만하니까요.

제가 아는 한 기업에서는 간부들을 대상으로 임사(臨死) 체험 수련을 합니다. 의도적으로 자신을 고립시켜 놓고 임종(臨終) 체험을 해보게 하는 것입니다. 저승으로 가는 과정을 겪어보는 거지요.

체험자는 처음으로 잔잔한 음악이 흐르는 방에서 20여 분 정도 눈을 지그시 감은 채 명상을 합니다. 임종 체험을 하기 위해 왔으니 착잡하기도 하겠지만 경건해질 수밖에 없습니다. 온갖 생각이 떠오르고 지워지다가 또 떠오르기를 수없이 반복하게 됩니다. 자신의 머릿속이 매우 복잡하다는 걸 깨닫게 되지요.

명상이 끝나면 죽는다는 전제 아래 '과거의 후회스러운 것들'을 종이에 씁니다. 평소에는 잊고 살았던 후회스러운 기억들이 마구 떠오르게 됩니다. 그때 좀 참을걸, 그때 같이 울어버릴걸……

이어서 '남기고 싶은 것들'을 써내려갑니다. 죽는 마당에 무엇이 아깝겠습니까. 사랑도 주고, 돈도 주고, 집도 주고, 보석도 주고……. 무엇이든 남김없이 주려고 합니다.

다음에는 유서를 씁니다. 죽음을 앞두고 가족과 세상에 남기는 마지막 바람을 기록하는 것입니다. 1시간 후에 죽게 된다면, 지금 당장 유서를 써야 한다면, 무슨 얘기를 쓰게 될 것 같습니까. 만족스러운 것보다 후회되는 게 엄청나게 많을 것입니다.

부와 명예를 누리며 살았다고 생각하는 사람들에게 후회할 것이 훨씬 더 많다는 얘기를 들었습니다. 그런 사람일수록 남에게 보여주는 삶을 살아야 했기에 상대적 박탈감을 훨씬 크게 느낀다고 합니다.

유서를 써보라면 재수 없는 일이라며 쓰기 싫어하는 사람이 꽤 많습니다. 그런데 유서는 미리 써보면 인생의 전환점이 될 수도 있습니다. 단순히 기록만 하는 게 아니라 지나온 세월을 되돌아보게 하기 때문입니다.

유서 쓰기를 마치면 다음에는 모든 전등을 끄고 촛불 하나만 켭니다. 그리고 돌아가면서 자신이 쓴 글을 낭독하지요. 어느새 낭독하는 사람도 듣는 사람도 모두 울게 됩니다. 죽음 앞에 어찌 울지 않고 배길 수 있겠습니까. 누군들 살아온 이야기를 주저리주저리 펼쳐놓으면 소설 몇 권 분량이 안 되겠습니까. 그 안에는 즐겁고 기쁜 일보다 시리고 마음 아픈 얘기가 훨씬 많기 마련입니다.

낭독을 한 다음에는 임종한 것으로 여기고 일절 말을 하지 못하게 합니다. 등잔 하나뿐인 어두운 방에서 수의로 갈아입지요. 죽은 사람에게 입히는 삼베옷을 입고 흰 고무신을 신고 복도로 나오면 안개 속에서 검은 옷과 갓을 쓴 저승사자가 다가옵니다.

저승사자는 상여꾼처럼 요령을 딸랑딸랑 흔들며 70미터나 되는 복도로 안내합니다. 수의 입은 사람은 말없이 따라갑니다. 무슨 청승이냐고 할지 모르지만 이런 과정을 통해 마음을 치유한 사람이 많습니다. 죽어보는 연습을 통해 고뇌를 해소하는 길을 찾아보는 것입니다.

맨 마지막 방에 들어서면 나무로 만든 관이 놓여 있고, 수의 입은 사람을 입관시켜 장례절차를 치르게 됩니다. 관 앞에 서면 저승사자가 이승의 마지막 말을 전합니다.

"영가(靈駕·영혼)들은 지금까지 사대육신(四大六身)에 의지하여 한 세상 살았지만, 이제 육신에 집착하지 말고 모든 고통으로부터 벗어나시오. 인연 따라 모인 것은 인연 따라 흩어지니 태어남도 인연이오, 돌아감도 인연이니라. 이제 이승과의 질긴 인연을 끊고 돌아가리니 영가들은 신을 벗고 입관하시오."

모든 조명이 꺼지면 수의 입은 사람은 관 속으로 들어가 눕습니다. 관 뚜껑을 덮기 전에 손과 발을 묶는데, 이 순간 대개 눈을 뜨지 않습니다. 얼마나 머릿속이 복잡하겠습니까. 산 사람이 손발이 묶인 채 관 속에 누웠으니 말입니다. 드디어 뚜껑을 덮고 못질하듯 주먹으로 사방을 때립니다.

그러고 나면 온통 침묵뿐입니다. 바람소리조차 없습니다. 오직 관 속에 누워 있는 자신의 숨소리만 들릴 뿐입니다.

얼마나 많은 생각이 떠오르겠습니까. 우선 살아 있는 게 기적이라고 생각하게 됩니다. 부질없는 일에 너무 매달렸다는 것도 깨닫지요. '정말 이것이 실제상황이라면……' 하는 걱정도 합니다. 딱 한 번밖에 살지 못하는 인생, 이제부터라도 즐겁고 건강하게 살아야겠다고 결심하게 되기도 합니다.

처음 입관절차를 밟을 때는 두려움이 앞섰지만, 관 안에 들어가서는 후회보다는 앞으로 살아갈 것들을 더 많이 생각하게 됩니다. 10분에서 20분 정도 관 속에 누워 있는 사이에 10년 세월이 한꺼번에 떠오르기도 하고, 어떤 사람은 살아온 인생 전체가 눈앞에 지나간다고도 합니다. 그 시간이 인생에서 가장 긴 시간일 수도 있습니다. 더러는 몇 시간이나 며칠이라도 관 속에 누워서 자신의 인생을 되돌아본 뒤 말끔히 털어버리고 싶었다는 사람도 있습니다.

일정한 시간이 지나면 관 뚜껑이 열리고 손과 발을 풀어줍니다. 천장에는 파란 하늘이 영상으로 펼쳐집니다. 어둠이 가시고 환한 대낮이 되면 관 속에 갇혀 있던 육체는 일어날 수 있습니다. 비록 체험이지만 그때의 감동을 짐작할 수 있을 것 같지 않습니까? 이제 자신의 옷으로 이제 막 세상에 태어난 것으로 하고 생일잔치를 해줍니다.

죽음을 체험한 뒤 많은 사람들이 곱게 살면 죽을 때도 곱게 죽고 여한이 많으면 죽을 때도 괴로워하며 죽게 된다는 생각을 했다고 합니다. 가슴에 맺힌 게 많은 사람은 죽을 때도 후회하고 반성하느라 여한(餘恨)이 더 쌓일 테니까요.

차에 치이거나 벼랑에서 떨어져 다리를 다쳤는데도 치료조차 받지 못하는 동물들이 불편한 몸을 끌고도 먹이를 찾아 이곳저곳을 헤매며 신나게 뛰는 것은 자신의 처지를 한탄하지 않는 단순함이 있어서일지도 모릅니다. 여한이란 마음속에 맺혀 있는 풀지 못한 인생의 숙제들을 말합니다. 원하는데 이루지 못한 것만 여한이 되는 것도 아닙니다.

죽음과 직면해 보면 베풀지 못한 것, 용서하지 못한 것, 배려하지 못한 것, 웃어주지 못한 것, 더 사랑해주지 못한 것, 더 기쁘고 즐겁게 해주지 못한 것까지도 여한이 됩니다.

제 친구 중 한 명이 복어국을 먹고 혼수상태에 빠져 중환자실에 입원하게 된 적이 있습니다. 복어요리 전문가가 아닌 사람이 요리한 탓에 독을 제대로 빼내지 못한 것을 먹었기 때문이라고 했습니다. 며칠 동안 의식이 없었으니 가족들은 얼마나 놀랐겠습니까. 평소에 건강관리를 잘한 덕인지 다행히도 여러 날 후에 무사히 깨어났습니다.

퇴원한 친구의 경험담을 들으며 섬뜩한 느낌이 들었습니다. 중환자실에 누워 있을 때, 전신이 마비된 상태라 움직이거나 말을 하거나 눈을 뜰 수 없었지만 의식은 또렷이 살아 있었다고 합니다. 그의 귀에는 가족들과 의료진의 대화내용이 모두 들려왔습니다.

만약 그때 누군가가 "회복이 불가능하다고 판단됩니다"라고 했다면 어찌 되었겠습니까? 또는 "어려울 것 같으니 마음의 준비를 하십시오"라거나 "어지간히 먹성 좋더니 어쩌자고 나쁜 독까지 먹었누…… 쯧쯧" 하는 소리를 들었다고 생각해 보세요. 또는 "이 녀석한테 꿔준 돈이 있는데, 이를 어쩌지?" 하는 억울한 소리를 들었다면 꼼짝 못하고 누워 있던 그의 심정은 어떠했을까요. 정신을 잃고 누워 있는 사람은 생각도 하지 않고 자기 생각만 하는구나 하거나, 가슴이 터질 듯 분노하여 벌떡 일어나 소리라도 지르고 싶었을지도 모릅니다.

하루도 아니고 며칠씩 누워 있었으니 그 사이에 방정맞은 생각은 오죽이나 많았겠습니까. 의학적으로는 혼수상태지만 의식이 또렷한 상태에서 머릿속을 휘젓는 잡다한 고뇌, 후회, 두려움, 초조, 긴장을 어찌 말로 다할 수 있겠습니까. 복어의 독이 퍼져 신경과 근육이 마비되었지만 일방적으로 상대의 말소리는 들리고 내 의사

표시는 조금도 할 수 없으니, 그 공포를 체험해 보지 않은 사람은 결코 알 수 없을 것입니다.

의사가 "환자가 반응이 없네요"라고 말했을 때, 친구는 행여 자신이 죽은 걸로 알까 봐 반응을 보이려고 안달하며 소리를 질러댔다고 합니다. 그러나 아무도 눈치 채지 못했습니다. 그런 시간이 계속되니 얼마나 괴롭던지 차라리 더 고통 받지 않도록 누군가 목을 졸라줬으면 좋겠다는 생각까지 했다고 합니다.

저승사자까지 보이더라는 친구의 말에 '생명'이 얼마나 소중하고 존귀한 것인가를 다시 한 번 깨달았습니다.

죽음을 절실하게 체험하고 살아난 친구는 다시 살아난 소감을 묻자 첫마디가 '사람이 변하더라'고 했습니다. 그렇습니다. 세상에 아프지 않고 귀한 걸 가질 수는 없습니다. 소중한 자녀를 갖기 위해 어머니가 그리도 엄청난 진통을 겪어야 하듯, 인생도 소중한 걸 얻으려면 반드시 그만큼의 산고를 겪어야 합니다. 작게 아프면 작은 걸 얻고, 크게 아프면 큰 걸 얻습니다.

살아나자 가장 먼저 느낀 것은, 살아생전 진 빚을 갚으라고 자신을 살려둔 게 아닐까 하는 생각이었다고 합니다. 그의 말처럼 살아 있는 건 빚을 지고 있는 것일지 모릅니다. 누구라도 혼자 살 수 없기에 세상에 빚을 지고 산다는 게 맞는 말일 겁니다.

그러니 잘 살려면 세상에 빚을 갚아가며 살아야 합니다. 사람은 빚을 지고 또 빚을 갚는 일을 반복하며 삽니다.

산다는 건 참 쉽지 않은 것입니다. 힘들고 어려운 시절을 산 사람들이 입버릇처럼 '그 시절이 좋았지'라고 말하는 건 바로 어려웠던 그 시절의 추억이 서려 있기 때문입니다. 지금 어렵고 힘겨운 것도 지나면 추억이 됩니다. 이왕이면 '아, 이것도 추억이 될 거다'라고 생각하면 고비를 잘 넘길 뱃심이 생길 것입니다.

그래도 고통스럽거나 가슴이 답답하면, 의식은 있는데 신경과 근육이 마비되어 중환자실에 누워 있다고 상상해 보세요. 의료진이 매번 반응이 없다는 소리를 할 때마다 어떻게 견디겠습니까?

살아 있는 것만도 환희가 아니겠습니까.

3장

—

그대, 스스로 세상과
소통하세요

마음 공부

—

내가 남을 속상하게 하고 슬프게 하면 그 사람의 마음에 내가 쓰레기로 남
아 있는 것입니다. 그러나 인생을 잘 놀다가 가는 사람은 스스로 꽃송이가
되어 남의 마음에도 향기로 남습니다.

첫째도 긍정,
둘째도 긍정입니다

과테말라에는 '걱정인형'이라는 게 있습니다. 그 나라 사람들은 자신의 걱정을 인형에게 말하거나 인형을 베개 밑에 넣어두면 인형이 대신 걱정을 해준다고 생각합니다.

그렇게 믿고 싶은 까닭이 무엇이겠습니까. 기대하고 믿어버리는 게 걱정하고 잠 못 이루는 것보다 훨씬 현명하다고 생각하기 때문입니다. 고뇌가 없는 사람은 없습니다. 그러나 피해가는 게 상책입니다. 걱정인형에게 자신의 걱정을 떠넘겨버리듯 걱정을 내려놓는 좋은 방법은 기대하고 믿으며 '긍정적인 생각'을 하는 것입니다.

사람은 자신의 뇌세포를 속일 수 있다고 합니다. 그리운 사람을 떠올리며 행복을 느끼면 세로토닌 같은 행복 호르몬이 마구 분비되고, 맛있는 과일을 연상하는 것만으로도 입에 침이 고이며, 남을 기쁘게 하여 상대가 좋아하고 환히 웃으면 운동을 할 때 느끼는 희열을 느낄 수 있다고 말합니다.

『논어』에는 이런 글이 있습니다.

'아는 사람은 좋아하는 사람만 못하고, 좋아하는 사람은 즐기는 사람만 못하다.'

사람은 누구나 남에게 좋은 모습만 보여주기를 바랍니다. 그렇다면 어떤 것이 좋은 모습이겠습니까? 일도 즐기고, 삶도 즐기고, 남도 즐겁게 하는 것이 가장 좋은 모습입니다.

그렇다면 어떤 것이 좋지 않은 모습입니까? 모든 일에 짜증내면서 사는 것조차 시큰둥해하여 몸의 소중함까지 망각하고 주변 사람까지 힘들게 하는 것입니다. 속상하고 슬프고 아픈 기억들을 버리지 않으면 내 마음은 쓰레기 더미가 됩니다.

타인을 속상하게 하고 슬프게 하면 그 사람의 마음에 나는 쓰레기로 남습니다. 인생을 여유롭게 살다 가는 사람은 스스로 꽃송이가 되어 타인의 마음에도 향기를 남깁니다. 인생을 즐기고 재미있게 사는 게 어려웠다면 인류가 이렇게 번성하지 않았을 것입니다. 생각을 바꾸고 새로운 시선으로 바라보면 인생은 재미있고 즐겁습니다.

여러 해 전 정월 대보름 무렵에 북한산 호두가 수입되어 재래시장 좌판에 좌악 깔린 적이 있습니다. 크기가 잘고 국산보다 맛이 덜해서 백화점이나 대형마트에는 진열되지 못했습니다.

보름날 부럼으로 구입하는 품목이지만 예전처럼 소비가 많지 않았습니다. 북한산 호두는 재래시장의 목 좋은 가게에서는 그럭저럭 팔렸지만 구석의 외진 좌판에는 사러 오는 사람이 없었다고 합니다. 하도 안 팔리니까 가게주인이 원산지 표시를 위해 '북한산'이라고 쓴 글씨 밑에 딱 한 마디를 더 써넣었다고 합니다.

'통일 되면 국산'

덕분에 호두는 금세 팔렸다고 합니다. 생각을 바꾸고 새로운 시선으로 사물을 바라본 덕분입니다.

세상은 잘 놀다가는 곳이라고 생각하는 게 좋습니다. 미래를 걱정하고 불안해하고, 지겹게 공부하며, 조금이라도 더 벌기 위해 악착같이 일하고, 남에게 지지 않으려고 안달하고, 남의 눈을 신경 쓰느라 주눅 들고, 이루고 싶은 게 있어도 가로막는 것들 천지라 세상을 원망하지만, 그런다고 해결되는 것은 없습니다.

그렇다면 내게 주어진 것들을 모두 찾아내어 즐기고 재미있게 잘 놀다 가겠다는 마음으로 살아야 합니다. 평생을 일하다 가는 것으로 생각하면 지겨울 것입니다. 일하고 돈 버는 것은 잘 놀다 가기 위한 것이어야 합니다.

글이 잘 써지지 않거나 마음이 어지러워 삭이기 어려울 때 제 나름대로 해소하는 방법이 있습니다. 편안한 옷으로 갈아입고 산에 가는 것입니다. 힘겹게 산에 오르면 심란한 마음이 잠시 누그러집니다. 산이 해결해 주는 게 아닙니다. 육체가 고달프니 마음 고달픈 걸 잠시 잊는 겁니다. 덕분에 어지러운 마음을 잠시 쉴 수 있게 됩니다.

저는 정상에 올라 숨을 몰아쉬며 이렇게 마음을 다독입니다.

"그게 뭐 어쨌다고! 지금 나는 살아 있잖아. 내 목에 칼이 들어온다면 다 주고 말 것들인데, 너무 많이 가졌으니 인생 다이어트를 해야 근사하게 산다는 걸 가르쳐주는 거겠지."

잊혀질 것 같다가도 금세 고개를 쳐드는 근심 걱정들을 잠시 내려놓으면, 그 모든 것이 내 인생이 뒤집어질 만큼 큰일은 아니었다는 생각이 그 틈을 비집고 들어올 것입니다.

자신에게 불리하거나 괴로운 상황을 유리한 상황으로 기억하려고 하는 걸 '기억각색'이라고 합니다.

집에 머물러 있으면 자꾸 같은 생각에 매달려 괴롭고 견디기 어려우니까 어떻게든 벗어나려고 산에 가는 것입니다. 자신에게 유리한 상황으로 연상하고 기억하려는 건 한낱 얄은꾀가 아닙니다. 헝클어진 마음을 요령껏 풀어버리는 현명한 인생 처방이지요.

'선택적 기억상실'이라는 것도 있습니다. 자신에게 불리하거나 괴로운 일들을 기억하지 않으려고 하는 자기 방어체계라고 합니다. 범죄자가 선택적 기억상실에 빠져 저지른 죄를 부정하면 큰일 날 일이지만, 고통스런 상황에 직면한 사람이 고통을 이겨내기 위해 선택적 기억상실을 취하는 건 결코 나쁠 게 없습니다.

타인의 마음을 읽을 수 있도록 초능력을 가졌으면 좋겠다고 생각한 적이 있습니다. 고통은 대부분 사람 때문에 생기기 때문입니다. 초능력이 생긴다면, 아마 많은 사람들이 특별히 가까운 사람의 마음을 알고 싶어할 것입니다. 연인, 부부, 자녀, 부모, 친구, 상사나 부하, 거래해야 할 사람들의 마음을 읽을 수 있다면 그들에게서 받을 스트레스가 조금이라도 줄어들지도 모르니까요. 하지만 그렇다고 해서 정말로 고통이나 갈등이 대폭 줄어들까요?

어쩌면 초능력을 갖는 순간 세상 살맛을 잃어버리게 될지도 모릅니다. 왜냐하면 상대의 마음이 결코 내가 원하는 것과 같지 않기 때문입니다. 내가 원하는 그대로 변치 않고 늘 같다면 그는 사람이 아니고 기계이거나 물건일 수밖에 없습니다.

부부나 연인이 가슴 속에 있는 말을 100퍼센트 있는 그대로 표현한다면 얼마나 더 같이 살거나 사귈 수 있겠습니까. 내가 가까운 사람의 속마음을 다 헤아릴 수 없듯이 그 사람도 내 속마음을 다 헤아릴 수 없습니다. 그러니 우리는 가까운 사람의 마음이 나에게 닿아 있을 거라 긍정적으로 생각하고 기억각색을 하며 살아가야 합니다.

그래도 힘들다면,
다시 한 번 긍정입니다

공중화장실에 '아름다운 사람은 머문 자리도 아름답습니다'라고 써붙인 곳이 많습니다. 화장실을 함부로 사용하는 사람들이 많으니까 고민 끝에 이렇게 써붙인 곳도 있습니다.

'남자가 절대로 흘리지 말아야 할 것은 눈물만이 아닙니다.'

그렇다고 화장실이 더 깨끗해지는 건 아니라고 합니다. 글을 못 볼 수도 있고, 보더라도 무심코 지나쳐버리기 일쑤인 듯합니다.

네덜란드의 한 공항에는 남자 화장실의 소변기 한가운데에 파리 한 마리가 그려져 있다고 합니다. 어떻게 하면 사람들이 깨끗하게 사용할까를 고심하던 공항 사람들이 궁리 끝에 낸 결론입니다. 파리가 있으면 남자들이 그 파리를 조준할 것이고, 그러면 화장실 주변이 깨끗해질 것이다, 라는 발상인 것이지요. 물론 매우 좋은 효과를 거두었으니 그 이야기가 저에게까지 들려왔겠지요.

이것이 바로 팔꿈치로 슬쩍 건드린다는 뜻의 '넛지(nudge)'에 해당하는 사례입니다. 사람들은 통상 남을 바꾸어보려 합니다. 세상도 내가 바라는 대로 변하기를 원하고 상대도 내가 원하는 대로 바뀌기를 기대합니다. 내가 변할 생각은 하지 않고 남을 변화시켜 내가 편할 생각을 하곤 합니다.

명지대학교에 특강을 하러 갔다가 화장실에 들르게 되었습니다. 한눈에도 참 깨끗했습니다. 소변기 위에 써붙인 문구를 보니 기분도 좋아졌습니다.

'우리 어머니들이 청소하고 계세요.'

어느 누가 화장실을 함부로 사용할까 싶었습니다.

'화장실 청소하는 사람들이 얼마나 고생하는지 아십니까? 한 발짝 앞으로 다가서면 좋은 일 하는 겁니다. 제발 도와주세요!'라고 애원하는 것보다 간결하고 호소력이 있는 건 바로 '어머니'라는 말입니다.

평소 식구들끼리 말하듯 간결하게 써붙였기에 더욱 정감이 가고 그래서 화장실을 더 깨끗하게 사용하게 된 것 같았습니다. '어머니'라는 낱말 앞에 누군들 한 번 더 생각하고 조심하지 않을 사람이 있겠습니까.

ROTC로 광주보병학교에서 교육을 받을 때, 가장 힘들었던 것은 유격훈련이었습니다. 이렇게 지독한 훈련을 이겨내다니 인간은 참 존엄하고 위대한 존재라는 생각이 들 정도였습니다.

잠시 휴식을 취할 때면 교관이 노래자랑을 시켰습니다. 훈련 때마다 노래 1절을 부르고 간주 사이에 "어머니이이!" 하고 애절하게 소리쳐 부르는 사람이 꼭 있었습니다. 그러면 훈련을 이겨내려 독이 잔뜩 오른 시퍼런 청춘들이, 세상 무서울 게 없고 닥치는 대로 해치울 것 같은 이 기세등등한 청년들이, 그 한 마디에 순간 눈물을 펑펑 쏟아냈습니다.

어머니는 그렇게 막강하고 애틋하고 한없이 따스하고 자식을 위해서라면 용광로의 불구덩이에라도 달려들 것 같은 절대적 존재입니다. 오죽하면 '신이 우리들 곁에 늘 있을 수 없어서 어머니를 대신 보냈다'고 했겠습니까. 어머니, 이 한 마디에 화장실이 깨끗해졌듯 우리들 마음도 이렇게 변화시킬 순 없을까요.

살아온 습관 때문에 인생의 태도 전부를 한 번에 확 바꿀 수 없습니다. '슬쩍 건드리는' 요령이 필요합니다. 방향을 약간만 틀어주면 시간이 지남에 따라 서서히 진로도 바뀝니다. 돈이 들거나 시간이 많이 필요하지도 않습니다. 복잡하지도 않습니다. 생각을 약간만 바꾸면 그만입니다. 지금, 마음을 슬쩍 건드려보세요.

　어느 평생교육원에서 개설한 수필반에서 생긴 일입니다. 여유로운 중년들이 모여 각자 써온 수필들을 발표하고 의견을 나누고 비평을 통해 서로 자극도 받고 실력도 쌓으려고 함께 공부하는 자리였습니다.

　어느 날 돌아가면서 수필을 낭독하는데 한 어르신의 차례가 되었습니다. 글의 내용은 자신도 일류대학 출신이고, 아들·며느리·딸·사위·조카도 일류대학 출신이며, 공부 잘하는 손자도 곧 모 대학에 입학하게 되면 집안 모두 일류대학 출신이 될 거라는 내용이었습니다.

　낭독이 끝나 내용에 대해 합평을 할 차례인데도 아무도 나서서 말하려 들지 않았습니다. 길고 긴 자랑을 들으니 속이 편치도 않을 뿐 아니라 남에게 싫은 소리를 해봤자 득될 것도 없다고 생각했기 때문입니다. 수필반 선생님이 재촉해도 묵묵부답, 수강생 그 누구도 반응이 없었습니다.

그때 한 여성이 의견을 말하겠다고 나섰습니다. 모두 기대에 찬 눈빛으로 바라보았고, 그녀는 조용히 말했습니다.

"문장도 나무랄 데 없네요. 매우 잘 쓴 작품입니다."

순간 사람들은 낭독을 들을 때보다 더 속이 부글부글 끓어오르는 걸 느꼈습니다. 그녀도 일류대학을 나왔다는 사실을 알았기 때문이었습니다. 그때 그녀가 단 한 마디로 분위기를 바꿔버렸습니다.

"물론 이런저런 문제가 없지는 않지만, 제목만 바꾸면 한번에 해결될 것 같네요. '나는 학력지상주의자다'라고요."

그 말에 사람들은 박장대소했고, 글을 쓴 어르신도 슬그머니 웃으며 다른 사람들의 마음을 상하게 할 의도로 쓴 건 아니었다고 말했습니다. 얼마나 근사한 '넛지'인지 모릅니다. 모른 척 슬쩍 건드려서 전체 분위기를 긍정적으로 바꾼 여성이 참으로 아름답지 않습니까?

기적을
상상하세요

인디언 격언에 어떤 말을 1만 번 이상 되풀이하면 반드시 미래에 이루어진다는 말이 있습니다. 그냥 말만 하면 다 이루어진다는 게 아니라 1만 번씩이나 그렇게 말하는 정성과 열정이 있다면 이루어질 수밖에 없다는 뜻입니다.

기적은 절로 일어나는 게 아닙니다. 염원이 결집되어 만들어지는 것입니다.

태어난 것만도 엄청난 기적입니다. 지금까지 살아 있는 것만도 기막힌 기적이지요. 기적은 나한테만 아주 남다르게 일어나는 거라고 착각하기에 그것이 기적인 줄 모르고 있는 것입니다.

내가 원하는 게 하나라도 이루어지면 그게 곧 나의 기적입니다. 그냥 '남들 다 하는 거니까'라고 생각하면 하나의 현상일 뿐이지만 기적이라고 생각하는 순간 온몸의 세포가 춤을 추고 노래하고 암세포를 없애고 건강해집니다.

인생을 망가뜨리는 가장 그럴 듯한 방법은 바로 비교법입니다. 비교법으로 확실하게 찾아낼 수 있는 것은 자신이 모자라고 부족하고 모나고 어리석다는 사실뿐입니다.

행복의 반대말은 불행이 아니라 괴로움입니다. 괴로움은 곧 마음의 군살입니다. 마음속에 있는데도, 보이지 않는데도, 현미경으로도 볼 수 없는데도, 그것은 천근만근의 무게를 가지고 자신을 내리누릅니다.

마음의 군살은 멀리 갈 수 없게 자꾸 자신을 붙잡고 늘어집니다. 무거우니 주저앉을 수밖에 없습니다. 가까운 곳에 가더라도 등짐을 무겁게 짊어지면 안 됩니다. 아무리 좋은 음식과 보석과 돈이 있더라도 그런 것들로 등짐을 가득 채워서는 안 됩니다. 등짐은 가벼워야 합니다. 그래야 자유롭습니다.

왜 괴롭습니까? 이렇게 물어보면 대부분의 사람들은 그 원인으로 어떤 특정한 상황을 말합니다. 그렇다면 한 번 더 생각해 보세요. 그 상황 때문에 괴로운지, 그 상황에 대한 생각 때문에 괴로운지 말입니다.

생각에 얽매여 있으면 괴로움이 자꾸 증폭되어 점점 더 커진다는 걸 알 수 있습니다. 생각은 멈추거나 끊어지지 않습니다. 자꾸 변화합니다.

대학시절부터 지금까지 변함없는 우정을 나누는 다사로운 벗이 있습니다. 〈라디오 동의보감〉으로 유명한 신재용 원장으로 경희대 한의대를 수석으로 졸업하고, 국가고시를 수석으로 합격했으며, 수십 권의 한의학 서적과 수필집을 낸 한의사입니다.

가난하고 힘겨운 처지의 사람들을 보면 기꺼이 주머니를 털어 무료로 진료해 주던 그는, 20여 년 전부터 자비로 '동의난달'이라는 봉사단체를 만들어 노인, 무의촌, 장애인, 빈곤층을 찾아다니며 의료봉사를 하고 있습니다.

저도 매년 여름 그 친구를 따라 농촌 의료봉사를 가곤 합니다. 친구이지만 존경할 수밖에 없는 것은 환자를 지극한 정성으로 대하고 무한한 인간애를 가졌기 때문입니다. 저는 그런 친구가 있다는 걸 크나큰 영광으로 생각하고 있습니다.

위중한 환자를 보면 그는 깊은 고뇌에 빠집니다. 치료법이 반드시 있을 거라며 책을 뒤지고 처방집을 펼치고 비방과 가전방(家傳方)을 훑어보기도 합니다. 그렇다고 신통한 치료법을 금세 찾을 수 있는 것도 아닙니다. 그런 밤에는 한의사였던 아버지께서 꿈에 나타나 신기한 처방을 일러주시곤 한다고 합니다.

잠에서 깨자마자 아버지가 일러준 처방을 검토하여 써보면 환자가 완쾌되는 경우가 종종 생겼다고 했습니다. 물론 그 현몽은 아버지의 뜻이 아니라 의사 스스로 찾아낸 것이지요. 환자를 반드시 치료하겠다는 그의 염원과 열정이 오랜 시간 쓰지 않아 잊고 있던 처방을 일깨워준 것일 테니까요.

아리스토텔레스는 "광기가 섞이지 않은 위대한 재능은 없다"고 했습니다. 여기서 광기는 열정, 집념, 정성을 말합니다. 무엇인가를 이루어내기 위해 뼈에 사무치도록 원해본 적이 있습니까? 이러다가 죽어도 좋다고 할 만큼 전력을 다해본 적이 있습니까? 절실하게 원해야 얻을 수 있습니다. 크게 원하면 더 크게 절실해야 합니다.

나만 그것을 원하는 게 아닙니다. 남도 내가 갖고 싶고 이루고 싶은 걸 간절히 원하기 때문에 더 절실한 사람이 그것을 차지하게 됩니다. 꿈속에 나타날 정도로 절실해야 이루어지는 것입니다.

인생은 한두 해만 사는 게 아닙니다. 단거리가 아니라 장거리입니다. 곧장 가다가도 에둘러 가게 되고, 쉬다가도 천 길 낭떠러지를 만나고. 그러면서 잠시 숨도 고릅니다. 그래서 고난을 겪은 이여야만 인생을 안다고 했습니다.

멀리 가기 위해서는 체중을 줄이는 것보다 더 절실한 것이 있습니다. 내 안에 덕지덕지 붙어 있는 마음의 군살을 빼야 합니다. 멀리 가려고 체중을 줄일 필요는 없습니다. 꾸준히 걸으면 절로 다이어트가 되니까요. 하지만 마음의 군살은 저절로 빠지지 않습니다.

인생의 답안지가 내 안에 있듯이 마음의 군살을 빼는 방법도 내 안에 있습니다. 마음의 군살은 생각을 슬쩍 바꾸면 뺄 수 있습니다.

사람은 누구나 세상에 쉽게 조화하지 못하고 끊임없이 삐걱거립니다. 삐걱거릴 때마다 기름칠을 해줘야 하는데 우리에게 주어진 기름의 양은 그리 많지 않습니다. 그러니 삐걱거리는 부분을 근본적으로 바로 잡아줘야 합니다. 바로 세우고 보면 행복도 내 안에 있다는 게 보입니다.

행복을 찾으려고 헤매고 다니면 지쳐 쓰러질 수밖에 없습니다. 내가 갖고 싶은 것, 남이 가지고 있는 것, 원하지만 내 것이 안 될 것들만 찾아다니게 됩니다. 남이 가진 행복을 넘본다고 내 것이 되지 않습니다. 도리어 내 것을 빼앗기는 경우가 많습니다. 그래서 행복하려면 밖에서 찾아 헤매지 말고 내 안으로 빨리 들어와야 합니다.

꿈을
전파하세요

얼마 전부터 '국가 브랜드'라는 말이 사람들의 입에 자주 오르내리곤 합니다. 국가의 가치나 자존심을 높이려는 연구도 다양하게 진행되고 있습니다. 국가 브랜드가 높아지면 그 나라의 상품 가격이나 국제적 위상도 높아집니다.

세계적인 자동차 회사인 벤츠의 기술이사가 한국에 파견되어 국산차인 제네시스를 직접 운전해 보았다고 합니다. 벤츠가 잘 팔리는 나라에서 생산되는 자동차를 직접 운전해 봄으로써 종합적으로 비교하는 모양입니다.

나라마다 지형과 기후가 다르니 자동차가 도로에 얼마나 잘 적응

하는지를 분석하고 성능을 높이는 연구를 하는 것 같습니다.

벤츠의 기술이사는 독일에서 한국으로 귀화한 이참 사장에게 "5천만 원짜리 제네시스가 1억 7천만 원짜리 벤츠와 성능이 같군요"라고 말하며, 한국의 자동차 개발 성장속도와 기술력에 겁이 난다고 했다고 합니다.

한국관광공사의 사장이 될 정도로 한국에 대한 애정이 깊은 이참 사장이 전해주던 그 말을 지금도 잊을 수가 없습니다.

"똑같은 차라도 독일이 만들면 1억 7천만 원짜리가 되고, 일본이 만들면 1억 3천, 미국이 만들면 1억, 한국이 만들면 5천, 약소국가가 만들면 2천만 원짜리가 됩니다. 그 차이는 바로 국가 브랜드 차이 때문입니다. 이만한 실력이면 못할 게 없습니다. 이제는 국가 브랜드를 높여 한국의 위상을 드높여야 합니다."

독일의 국가 브랜드가 상승한 요인을 살펴보면, 기술력은 기본이고 철학·사상·역사에 대한 자부심, 학문의 깊이, 민족적 자존심, 국가의 신뢰도, 국민의 성실성, 국제적인 평판 등을 들 수 있을 것입니다. 똑같은 소재와 생김새라도 유명 브랜드의 제품이 브랜드 네이밍이 없는 제품보다 가격이 훨씬 높은 이치와 같습니다.

유명 브랜드가 대부분 선진국에 기반을 두고 있는 것도 눈여겨보면 국가 브랜드의 차이에서 온다는 걸 알 수 있습니다.

국가만 브랜드가 있는 게 아닙니다. 사람에게도 브랜드가 있습니다. 그냥 '인간 브랜드'라고 부르겠습니다. 사람들은 자신의 인간 브랜드를 높이기 위해 돈, 권력, 명예 따위에 매달리곤 합니다. 굳이 세속적인 인간 브랜드의 가치로 따져 순서를 정하면 명예, 권력, 돈 정도라고 할 수 있습니다.

어떤 조사에 따르면 명예, 권력, 돈 중에 딱 하나만 골라 가질 수 있다면 무엇을 갖고 싶으냐는 설문에 다수가 명예를 선택했다고 합니다. 그러나 당장 갖고 싶은 걸 선택하라면 거의 돈을 골랐다고 합니다.

돈은 수고하고 애쓴 만큼 벌어서 쓸 때 가치를 느끼는 것이지 거저 굴러들어온 돈의 사용 가치는 허망합니다. 복권에 당첨되거나 카지노에서 큰 액수의 돈을 거머쥔 사람들을 추적 조사했더니 어느 정도 기부한 사람들은 비교적 잘 사는데 그렇지 않은 사람들은 불행하게 되었다고 합니다.

주변을 한번 유심히 살펴보세요. 사기 치거나 돈을 떼어먹거나 남의 가슴을 아프게 하고 돈을 챙긴 사람들이 끝까지 잘 사는 걸 보셨나요?

권력을 휘두르며 사익을 챙긴 사람들이 역사에 추악한 자로 기록되는 걸 보셨을 겁니다. 차라리 권력을 갖지 않았으면 존경받는 인물로 기억되었을 사람도 수없이 많습니다.

명예라는 것도 그렇습니다. 반짝하고 명예가 드높아졌던 사람들 중에 추락한 사람이 부지기수이고 오롯이 지켜나간 사람은 매우 드뭅니다.

이름을 헛되게 남긴 '허명의 명예'와 뭇사람에게 존중받는 이름으로 기억되는 '존명의 명예' 사이에는 엄청난 차이가 있습니다. 허명의 명예는 자기만 소중하다고 여긴 결과이고 존명의 명예는 남도 자기만큼 소중하다고 여긴 사람들의 이름표입니다.

아프리카에서 만성 말라리아 때문에 입원을 한 여섯 살 정도 되는 남자아이가 근처에 사는 친척이 준비해 온 수수죽 한 그릇을 사이에 놓고 아버지와 눈을 부릅뜨고 실랑이를 벌이고 있었습니다. 왜 죽을 먹지 않느냐고 물어보았습니다. 아이는 아버지가 아침부터 굶어 분명히 배가 고플 텐데 나누어 먹자고 해도 절대 먹지 않겠다며 고집을 부린다는 것입니다. 그래서 아버지가 먼저 한 술 뜨기 전엔 절대로 먹지 않겠다며 아버지와 눈싸움을 하고 있었습니다.

그 부자의 눈싸움은 사랑의 눈싸움이요 행복의 눈싸움이었습니다. 수수죽 한 그릇으로 그들은 가슴 찡한 행복을 만들어내고 있었습니다.

아프리카 수단의 오지 마을 톤즈에서 가난하고 못 배운 아이들에게 희망을 쏟아붓다가 마흔여덟 나이로 선종한 이태석 신부가 남긴 이야기 중 하나입니다. 진정한 사랑과 행복에 대해 다시 생각해보게 하는 내용입니다. 〈울지마 톤즈〉란 영화로 소개되어 많은 사람들의 심금을 울린 고 이태석 신부는 돈도 권력도 아무것도 가진 것 없는 성직자였습니다.

그런데 선종한 뒤에 그는 우리들 가슴에 사랑과 행복을 심어주었습니다. 그의 인간 브랜드는 어느 권력자와 재벌, 명망가보다 훨씬 높습니다. 그의 브랜드는 휴머니즘 그 자체였습니다.

휴머니즘의 근본 요소는 사랑입니다. 휴머니즘의 방법론은 배고픈 이에게는 식량을, 아픈 이에게는 치료를, 못 배운 이에게는 배움의 기회를 주는 것입니다.

성철 대선사와 법정 스님이 열반했을 때, 김수환 추기경과 이태석 신부가 선종했을 때, 우리들 가슴에 향기롭게 퍼진 것은 돈·명예·권력 따위가 아니었습니다. 그들이 남겨준 사랑과 용서와 배려와 베풂과 지극한 인간애였습니다. 그것이 인간 브랜드를 높이는 도구임을 알려준 것입니다.

인간 브랜드는 학력, 지위, 집단, 직업, 경제력, 인물에서 나오는 게 아닙니다. 물론 무엇인가 갖추었다면 남보다 수월할 수는 있습니다.

그런데 헐벗고 굶주리며 애써 모은 재산 전부를 학교에 기증하고 떠나는 할머니, 못 배운 한 때문에 한 푼 두 푼 모은 전 재산을 장학재단에 내놓은 할아버지와 가족들, 해마다 연말연시에 어김없이 동사무소에 몰래 돈을 전달하는 이름 없는 천사, 고아원과 양로원이나 장애인 시설을 찾아가 봉사하는 무수한 사람들, 아픈 사람들을 찾아다니며 의료봉사를 하는 사람들의 인간 브랜드야말로 참으로 향기롭고 근사합니다.

어디 그뿐입니까. 구제역으로 국민들의 시름이 깊어갈 때 그 추위 속에서 밤잠 포기하고 일한 방역요원들, 소말리아 해적들에게 납치된 우리 선원들을 구하기 위해 부상을 무릅쓰고 몸을 던진 해군들, 열악한 근무 여건 속에서 지쳐 쓰러지면서도 마지막 한 사람이라도 구하려고 몸을 던진 소방관과 119구급요원과 경찰과 군인들, 우리의 식량을 만들어주는 농민들, 우리의 밥상을 풍요롭게 해주는 어부들……. 그 모든 사람들 때문에 우리가 생존하고 있으니 그들의 인간 브랜드는 최상위라고 할 수 있습니다. 주변 사람들은 상관 없이 나만 잘살고 행복하면 그만이라는 사람들은 보편적 인간 브랜드 수준에도 못 미칠 수밖에 없습니다.

나의 인간 브랜드를 한 차원 높이려면 남을 기쁘고 행복하게 만드는 일을 해야 합니다. 사람의 침에는 면역항체가 들어 있는데 근심이나 긴장이 지속되면 침이 마르면서 항체가 줄어듭니다. 그런데 남을 돕거나 남을 기쁘게 했을 때에는 심리적 포만감이 생겨서 며칠에서 몇 주 정도 엔도르핀이 생성됩니다.

결국 남을 기쁘게 하면 남보다 내 영혼이 몇 배 더 행복해지는 것입니다. 남을 돕는 일이 아니더라도 행복해질 수 있는 일은 많습니다. 상대를 행복하게 해준다고 느끼거나 사랑한다고 느낄 때에도 엔도르핀이 많이 생성됩니다.

예를 들어 사랑하는 사람과 키스를 할 때에는 뇌에서 모르핀보다 200배나 강한 천연 진통제인 엔도르핀이 분비되어 몸에 해로운 스트레스 호르몬인 코르티솔의 분비를 막아준다고 하니 사랑이 상대방을 위한 것만은 정녕 아닙니다.

서초역 사거리 한가운데에는 향나무 한 그루가 우뚝 서 있습니다. 나무 이름을 시민들에게 지어달라고 공모하고 제가 심사위원으로 참여해서 '천년향'이라고 이름 지어준 나무입니다.

홀로 당당한 듯 서 있지만 가끔 수액주사를 맞거나 특별한 관리를 받고 있습니다. 홀로 있기 때문에 시련을 겪는 것입니다.

산에서 다른 나무들 틈에 섞여 있다면 지금보다 훨씬 뛰어난 자태를 뽐내고 있을 것입니다. 경쟁상대가 있다면 햇빛을 받기 위해 가지를 열심히 뻗어야 합니다. 물을 잘 빨아들이고 자양분을 많이 공급받기 위해 뿌리를 사방으로 더 깊고 힘차게 뻗게 됩니다. 그런데 사람들이 귀한 나무라 여기고 이것저것 챙겨주고 떠받들고 있으니 경쟁상대가 없어 오히려 싱그럽고 무성하게 가지를 펼치지 못하고 있습니다.

사람도 홀로 살 수 없습니다. 많은 사람과 어울리고 경쟁하고 고비를 겪고 갈등하면서 발전합니다. 사람과 사람이 어울리게 되면 갖가지 갈등과 시련이 따르게 마련입니다. 갈등과 시련은 사람을 크게 만드는 매우 훌륭한 도구입니다. 그것이 곧 인간 브랜드를 높여주는 또 다른 핵심기술입니다.

성철 선사와 법정 스님의 시련은 부처님이었고 김수환 추기경과 이태석 신부의 시련은 예수님이었습니다. 부처님을 닮으려는 것, 예수님을 닮으려는 것, 이게 얼마나 지독한 시련이었겠습니까.

제 작은 가슴으로 찾아낸 인간 브랜드의 의미는 결국 '무엇'을 닮기 위해 시련의 바다를 헤엄쳐 건너는 거라고 생각했습니다.

그 '무엇'은 내가 결정하는 것입니다. 꼭 부처님이나 예수님으로 정할 필요는 없습니다. 낮은 데서 높은 데로 올라가려면 작은 목표를 정하고 작은 것부터 정복하는 게 좋습니다.

자유로움에
감동하세요

옛날에 귀하고 맛있는 음식을 먼저 먹을 수 있는 사람은 궁궐의 기미상궁(氣味尙宮)이었습니다. 수랏상에 오르는 음식에 독이 들었는지 파악하기 위해 임금보다 먼저 시식을 하는 직책이었습니다.

지금도 청와대나 미국의 백악관은 물론 각국의 최고 통치자가 집무하는 관저에는 검식관이 있습니다. 검식관은 옛날의 기미상궁처럼 미리 맛을 보는 공무원입니다. 좋은 음식, 귀한 음식, 깨끗한 음식이겠지만 기미상궁이나 검식관이 정말 그 음식들에 구미가 당기고 먹는 즐거움이 있었을까요? 매일 '의무'로 먹어야 하는 그 음식들이 아무리 고급이라고 해도 과연 맛이 있을까요?

1300여 년 전, 세계 최강국의 위용을 자랑하던 중국의 당나라 시절에 궁중에는 후궁만 121명이나 있었습니다. 황제가 살아 있는 동안 후궁들은 호사를 맘껏 누리며 살아 뭇사람들에게 부러움의 대상이었습니다.

그러나 황제가 죽은 뒤에는 모두 머리를 깎고 감읍사라는 절에 들어가 바깥구경을 못한 채 감시를 받으며 살다가 죽은 뒤에야 관에 실려 밖으로 나올 수 있었습니다. 그들의 삶이 과연 부러워할 만한 것이었을까요?

없는 반찬이지만 된장찌개와 김치찌개를 보글보글 끓여 소박하게 먹으며, 먹기 싫을 때는 상을 밀어놓을 수 있는 자유로움이 검식관이나 기미상궁에게는 없습니다.

그렇습니다. 사는 게 짜증스럽고 권태롭더라도 한 세상 지지고 볶아가며 사는 게 호사스러웠던 감읍사의 후궁들보다 훨씬 낫다는 걸 느낄 수 있을 겁니다. 인생에서 자유를 빼면 하루하루가 감옥살이입니다.

건강검진을 받기 위해 병원에 갔습니다. 심장 초음파검사를 받으며 지금까지 살아온 게 기적이라는 걸 절감했습니다. 내 몸속의 심장판막이 하루에 무려 10만 번씩 여닫히는 걸 화면으로 분명하게 보았습니다. 심장의 좌우 심방에서 개구리 혓바닥처럼 생긴 것이 발딱발딱 붙었다 떨어지기를 쉼 없이 반복하는 걸 보았습니다.

하루 10만 번이면 한 달에 3백만 번, 일 년이면 3천6백 5십만 번입니다. 10년이면 3억 6천5백만 번이요 20년만 계산해도 무려 7억 3천만 번 뛰는 것인데, 기적이 아니라면 그 오랜 세월, 어떤 기계가 고장 없이, 부품 교환이나 기름칠도 하지 않은 채 이렇게 멀쩡할 수 있겠습니까.

하나에서 일억까지 세는 데 얼마나 걸릴 것 같습니까? 밥도 안 먹고 잠도 자지 않으며 헤아려도 몇 년이 걸린다고 합니다. 그런데 내 판막은 죽을 때까지 매일 10만 번씩 쉼 없이 여닫히고 있습니다. 그렇게 여닫히지 않으면 사람은 죽습니다.

내 육체는 나를 위해 충실하게 여닫히고 있는데 내 마음은 잘 열리지도 잘 닫히지도 않으니, 어찌 마음이 자유로운 사람이겠습니까.

자유롭지 않다는 것은 마음을 감옥 속에 가둔 것과 같습니다. 육체가 감옥에 갇히면 못 견디면서 마음은 감옥에 가두어둔 채 평화롭기를 바랄 수 있겠습니까.

어느 날 갑자기 사랑하는 사람은 물론 아무것도 볼 수 없게 되었다면 얼마나 억울하고 고통스럽겠습니까. 시각장애인이 된 개그맨 이동우 씨는 세상이 잘 보이던 시절에는 운전하고 다닐 때 자신의 차보다 더 좋은 차만 눈에 띄어 부러워했다고 합니다.

　그런데 시각장애인이 되어 세상이 보이지 않자 건강한 두 다리가 있어 걸어다닐 수 있는 것만으로도 감사하다고 합니다. 이동우 씨의 육체는 장애였지만 그의 마음은 여닫기를 잘 하는 자유를 얻은 것입니다.

　입적한 법정 스님이 살아 계실 때 "방 안에 들어온 달빛도 손님인 듯하여 가만히 모셨다"는 말씀에 전율했습니다. 자유로움, 참자유……. 죽음을 두려워하지 않을 수 있다면 그 사람은 참으로 자유로운 사람입니다.

　고려시대의 나옹 선사가 남긴 선시가 있습니다.

　　청산은 나를 보고 말없이 살라 하고
　　창공은 나를 보고 티 없이 살라 하네
　　사랑도 벗어놓고 미움도 벗어놓고

물처럼 바람처럼 살다가 가라 하네

말없이 살라는 것은 마음을 고요하게 만들라는 뜻이고, 티 없이 살라는 것은 마음을 깨끗이 하라는 뜻이며, 벗어놓으란 것은 욕심에 휘둘리지 말라는 뜻이고, 물처럼 바람처럼 살라는 것은 참자유를 누리라는 뜻 같습니다.

물은 정처 없이 아래로, 낮은 곳으로 흐르고 흘러 바다에 이르기까지 유연하기만 합니다. 농사에 이용되든 사람이 마시든 증발되어 다시 빗물이 되고 줄기차게 낮은 곳으로 담담하게 흐릅니다. 한 번도 제 힘으로 거슬러 올라가는 법이 없지만 모든 살아 있는 것들에게 생명수 노릇을 합니다.

바람은 어디에서 와서 어디로 가는지 정처가 없습니다. 막히면 돌아가고 저희끼리 부딪히면 휘돌고 자유자재로 넘나들다가 고요해집니다. 용솟음치면 천하를 뒤엎을 듯합니다. 보이지 않지만 늘 그 존재를 알려주기도 합니다.

그래서 예부터 자유롭게 사는 걸 '물처럼 바람처럼'이라고 표현했는지 모릅니다. 자유로운 사람은 아름답습니다. 자유롭다는 것은 거창하고 화려한 것이 아닙니다. 소박하고 따스하며 작지만 예쁘고 가볍고 넉넉한 것입니다. 조화롭지 않으면 자유롭다고 말하기 어렵습니다.

자유는 육신에서 시작되는 게 아니라 생각에서 시작됩니다. 자유를 한마디로 표현하기 어렵지만 굳이 말하자면 '마음의 평화'라고 할 수 있습니다. 자유로워지면 마음이 다사로워지고 평화롭기 때문입니다.

마음의 평화는 결코 쉽게 얻어지지 않습니다. 마음이 평화롭지 않은 것은 뭔가 원하는 게 있는데 이루어지지 않았기 때문입니다. 마음이 평화로우려면 원하는 걸 성취하거나 원하는 걸 줄이거나 포기하는 수밖에 없습니다.

희망의 가능성에
투자하세요

조사에 따르면 우리나라는 GDP의 27퍼센트를 사회 갈등 비용으로 지불하고 있다고 합니다. 그만큼 사회 곳곳의 갈등이 크다는 뜻입니다. 우리 마음속의 갈등 비용은 얼마쯤 될까요?

성공하고 출세해서 보다 편하고 남부럽지 않게 살고 싶은 건 당연한 욕구입니다. 그러나 잘 먹고 잘 입고 잘 쓰고 잘난 척하는 것은 작은 성공일 뿐입니다. 작은 성공은 일시적으로 만족감을 줄지 몰라도 오래 지속되지는 않습니다. 그래서 늘 갈등을 느끼게 됩니다. 남의 것이 커 보이거나 좋아 보이거나 가치 있어 보이기 마련입니다.

맹자는 이런 가르침을 남겼습니다.

"천하고 작은 것은 입[口]과 배[腹]이고 귀하고 큰 것은 마음[心]과 뜻[志]이다."

그렇습니다. 남에 비해 작아 보이거나 보잘것없어 보이는 내 모습 때문에 가슴앓이를 한다면 이미 지고 들어가는 겁니다. "부러우면 지는 거다"라는 유행어처럼 남에게 진 것이 아니라 먼저 자기 스스로에게 진 것입니다.

미국의 유명 코미디언 밥 호프는 골프를 아주 좋아했습니다. 어느 날 시각장애인 골퍼 찰리 보즈웰과 마주치자 그에게 1천 달러짜리 내기 골프를 하자고 했습니다. 찰리 보즈웰은 흔쾌히 제안에 응했습니다. 그러자 밥 호프는 그에게 시합 날짜와 시간을 정하라고 했습니다.

"내일 새벽 2시에 합시다."

밥 호프는 그 자리에서 졌다는 것을 인정하고 1천 달러를 내놓았다고 합니다.

코미디언의 장난스런 제안이었는지는 모르지만 누구라도 두 눈 멀쩡한 사람이 이길 거라고 생각했을 것입니다. 찰리 보즈웰은 시각장애를 이겨낸 놀라운 집념의 사람입니다. 그는 남을 이긴 것이 아니라 자신을 이겨낸 사람이기에 자신 있게 내기에 응하는 배짱을 부릴 수 있었던 것입니다.

눈으로 세상을 볼 수 없는 대신 마음으로 세상을 볼 수 있는 훈련을 했던 것입니다.

라스베이거스에 세계적인 카지노 호텔을 지어 많은 사람을 놀라게 한 융은 주먹만 한 특수안경을 써도 사물을 잘 구별하지 못할 정도로 시력이 나쁜 시각장애인입니다. 그런데도 세계적인 호텔을 건축할 때 직접 지시하고 감독하고 실내장식에까지 세밀하게 아이디어를 제시한다고 합니다.

현장사진을 특수안경으로 살펴보며 그 다양하고 복잡한 공사를 통제하고 조정해 가는 그에게 잘 보이지도 않는데 어떻게 지시하고 감독할 수 있는지 물었습니다. 융은 아주 분명하게, 그러나 아무렇지도 않은 듯 대답했습니다.

"나는 건물을 눈으로 짓지 않고 마음으로 짓습니다."

눈으로 보면서 지을 땐 보이는 만큼만 지을 수 있지만 마음으로 지을 땐 상상의 세계가 훨씬 넓을 수밖에 없습니다.

젊은 시절에 운 좋게도 사하라 사막을 두 번이나 여행해 본 적이 있습니다. 여름철이어서 모자를 쓰지 않으면 머리를 델 것 같이 뜨거웠습니다. 밤낮의 기온차가 너무도 심한 사막에서 밤이슬에 겨우 의존해 살아가는 마른 풀들을 보니 이글거리는 햇볕에 금방이라도 불이 붙을 것만 같았습니다.

사막은 운동화를 신고 걸어도 발에 불이 난듯 뜨겁습니다. 그런데 말라비틀어진 앙상한 풀들은 그 햇볕에 고스란히 노출되어 있는데도 멀쩡했습니다. 태양이 아무리 이글거려도 마른 잎 하나 태우지 못했습니다. 그러나 볼록렌즈를 대면 젖은 잎이라도 금방 태울 수 있습니다.

우리 인생에도 볼록렌즈를 갖다 대고 근사하게 태워야 합니다. 풀이 타면 재가 되어 겨우 거름이 될 뿐이겠지만, 인생의 불길이 솟으면 잿더미가 되어 사라지는 게 아닙니다. 세상의 빛이 되어 많은 사람들의 길잡이가 됩니다.

사람으로 태어나서 한 번쯤은 남에게 불빛이 되어줘야 하지 않겠습니까?

마음을 한곳에 모아 가다듬는 것을 '정진(精進)이라고 합니다. 사람이 짐승과 다른 것은 정진할 수 있는 힘 때문이라고도 말합니다.

마음을 모으면 기적도 일으킬 수 있다는 옛이야기가 있습니다.

호랑이인 줄 알고 활을 쏘고 나서 다가가 보니 바위에 화살의 깃 부분까지 깊게 박혀 있었더라는 사석음우(射石飮羽)의 고사가 바로 그것입니다. 바위라는 걸 알고 활을 쏘았다면 화살이 박혔을 리 없을 것입니다.

호랑이가 아가리를 벌리고 달려드는데 도망가기에는 너무 늦었고, 살아남으려면 오직 화살을 호랑이 미간에 정확히 맞혀 단방에 쓰러뜨려야 합니다. 아주 절박한 생존본능을 발휘하여 활을 쏘았기에 절대 박힐 수 없을 것 같은 바위 깊숙이 화살이 꽂혔다는 뜻입니다.

조금 다른 의미이기는 하지만 사람이 절박한 상황에 놓이게 되면 자신이 원하는 현상이 환각상태로 나타나기도 한다고 합니다. 너무나도 간절히 바라는 게 있으면 꿈속에서 그 소망이 이루어지기도 합니다. 사막에서 갈증에 시달려 물 한 모금만 마시면 살 것 같다고 생각될 때 놀랍게도 오아시스가 눈앞에 펼쳐지는 현상과 같습니다.

신기루일 뿐이어서 실제로 물을 마실 수는 없다고 하더라도 보기만 해도 지친 발걸음에 힘이 생긴다고 합니다. 산 너머에 살구밭이 있다는 장수의 말 한 마디에 목말라 주저앉았던 병사들이 가파른 산을 거뜬히 뛰어넘었다는 이야기도 전해옵니다.

동물은 의지라는 것이 없어서 매로 다스려 강제로 끌고 가야 하지만, 정신력을 가지고 있는 사람은 '의지'와 '희망'과 '가능성'만 보이면 깊은 산과 험난한 계곡도 거침없이 스스로 돌파할 수 있는 데서 나온 말입니다.

물같이
사랑하세요

젊은이는 자기 마음에 불을 피워야 합니다. 불꽃을 일으키는 가장 좋은 수단은 자기 육신과 영혼을 지극히 사랑하는 것입니다. 우리의 영혼은 존귀합니다. 지구를 휘감아 돌 수 있고 우주를 넘나들며 천하를 주유할 수 있는 존재이기 때문입니다. 무한대의 상상력을 가졌고 사랑을 무한정 베풀 수 있으며 바람처럼 걸림 없이 자유로울 수 있습니다.

내 육신과 영혼은 우주 역사를 통틀어 딱 하나뿐입니다. 과거는 물론이요, 현재와 미래를 포함해서 달랑 하나뿐입니다. 숭엄하고 존귀해서 결코 함부로 다룰 수 없는 존재입니다.

세계 최고의 갑부 중 한 명인 빌 게이츠는 자신이 부자가 될 수 있었던 비결을 이렇게 말했습니다.

"나는 날마다 나에게 두 개의 최면을 겁니다. 첫째, 오늘 왠지 아주 좋은 일이 생길 것 같다. 둘째, 나는 뭐든지 할 수 있다."

빌 게이츠가 가장 짧은 시간에 가장 크게 성공한 것은 자신을 지극히 사랑했기 때문입니다. 좋은 일이 생길 것이고 무엇이든 해낼 거라고 자신에게 최면을 거는 행위는 주술이 아니라 자기 자신에 대한 지극한 신뢰입니다. 자신을 분명하게 믿는 행위는 곧 자신을 뜨겁게 사랑하는 것입니다.

많은 사람들이 명품을 선호합니다. 하지만 명품으로 치장했다고 사람까지 명품 대접을 받을까요? 절대 그렇지 않습니다. 말 그대로 사람이 명품이어야 명품 대접을 받습니다.

치장한 것만 명품이면 그 사람은 소품에 지나지 않습니다. 사람 자체가 명품이 되려면 반드시 자신의 존재를 소중히 여기고 남에게 기쁨을 주기 위해 아낌없이 자신을 닳도록 사용하고 자신을 지극히 사랑해야 합니다.

한번 생각해 보세요. 머리가 좋아 보이지도 않고 남다른 재능도 있는 것 같지 않은 사람처럼 보이더라도 스스로를 사랑하는 능력은 충분히 갖추고 태어납니다. 타인을 사랑하려면 이것저것 재어보고 따져보겠지만 자신을 사랑하는 건 그냥 해버리면 그만입니다. 돈이 들거나 시간을 빼앗기거나 복잡하게 머리를 굴릴 일도 없습니다.

　물은 낮은 곳으로 흐릅니다. 틈만 있으면 어디든 스며듭니다. 무엇이든 적시고 무엇이든 끌어안습니다. 생명이 있는 것들에게 없어서는 안 될 소중한 존재이기에 생명수라 부릅니다. 사람의 몸도 70퍼센트 가량이 물입니다.

　칠레의 산호세 광산이 붕괴되어 지하 700미터 지점에 갇혀 있던 광부 33명이 여전히 생존해 있다는 게 사건 17일 만에 알려졌습니다. 대피소에 있던 하루치 식량으로 17일을 버텼는데 하루에 고작 작고 얇은 비스킷 1조각, 우유 한 모금, 참치 두 스푼 정도로 연명했습니다.

　칠흑같이 어둡고 밀폐된 공간에서 더위와 공포에 시달린 광부들의 생존 비밀은 첫째가 물이었다고 합니다. 땅을 파내어 먼저 물을 확보했기에 17일을 굳건히 버틸 수 있었습니다. 물마저 없었다면 어찌 되었겠습니까?

　17일 만에 지하 700미터까지 관을 박아 겨우 소통하게 되자 구조

대원들이 매몰된 광부들에게 "필요한 게 있으면 말하라"고 물었습니다. 모두들 맨 먼저 물을 달라고 하겠지 생각했습니다. 그런데 뜻밖에 "갱도가 붕괴될 때 피신했던 동료 1명이 살았는지 죽었는지 궁금하다. 어찌 되었는가?"라고 물었습니다. "그 광부는 구조되었다"라고 하자 33명의 매몰 광부들은 환성을 지르며 박수를 쳤습니다.

죽음의 공포, 절박한 굶주림 속에서도 동료의 생사를 먼저 묻고 환호하는 그 다사로운 인간애는 물 같은 것입니다. 아니 물보다 더 물 같은 존엄함입니다.

희망이 기적을 일으킨 것입니다. 살아날 수 있다는, 동료들과 회사와 국가가 무슨 수를 써서라도 구해줄 거라는 희망이 매몰 광부들을 지켜주었습니다. 밖에서 계속 들려오는 기계음은 그들이 살아 있어야 할 분명한 이유가 됩니다.

지하 700미터의 대피소에서 그들에게 무엇이 필요하겠습니까? 돈, 명예, 권력 따위가 아닙니다. 그들이 맨 먼저 동료의 생사를 물어보았듯이 사람이 필요합니다. 사람들과 어울려 숨 쉬고 밥 먹고 웃고 떠들고 대소변 편히 해결하고 자유롭게 돌아다니고 싶었을 것입니다. 부모와 형제, 친구와 이웃들이 그리웠을 터입니다. 사랑하는 아내와 오순도순 살며 자녀들에게 너그럽고 근사한 아버지가 될 것을 다짐했을 것입니다.

나는 머나먼 땅 칠레의 지하 700미터 아래에 매몰된 광부 33명이 모두 건강하게 구조되기를 간절히 기도했습니다. 누군들 그렇게 기도하지 않은 사람이 있었겠습니까. 본 적도 없고 만날 일도 없고 내가 외면한다고 해서 더 나빠질 것도 없는 사람들이지만 우리는 그들의 생환을 바랐습니다.

그것이 바로 물 같은 사랑입니다. 물론 구조된 사람들은 온 세상 사람들을 기쁘게 했지만, 일이 년쯤 지나면 다시 부부싸움을 하고 자녀들과 삐걱거리며 갈등을 빚고 친구들 때문에 속상해할지도 모릅니다. 그렇더라도 그들 가슴에는 누구라도 잔잔하게 끌어안고 먼 바다까지 함께 흘러가는 물 같은 사랑의 기억이 평생 지워지지 않을 것입니다.

세상살이는 천당과 지옥을 오가듯 좋고 나쁜 일의 반복과 연속입니다. 좋을 때 홀로 기뻐하지 말고 어려울 때 홀로 슬퍼하지 않을 수 있는 지혜는 젊은 시절에 사랑과 이별을 통해 얻어지는 것입니다. 극과 극은 통한다고 했습니다.

천당과 지옥을 경험한 사람이 그렇지 못한 사람보다 세상살이에 더 현명하게 대처할 수밖에 없습니다. 어느 시 구절에 '사랑도 쌓이면 무거워 병이 된다'고 했습니다.

나를 사랑할 때는 차곡차곡 쌓아 가능하면 높다랗게 올려야 하지만 남을 사랑할 때는 샘물처럼 자꾸 퍼올려야 합니다. 물은 고여 있으면 썩어 탁해집니다. 물은 낮은 곳으로 하염없이 흐릅니다. 가로 막히면 돌아가고, 햇볕이 손 벌리면 증발하고 굽이치고 요동치며, 나아갑니다.

사랑도 그러해야 합니다. 모든 걸 끌어안고 너른 영혼의 바다로 거침없이 나아가야 합니다.

자신을 위한
시간을 가지세요

아침에 집을 나설 때 "오늘 하루를 어찌 보내지? 세상 살기 참 복잡하고 힘드네"라고 생각하면 하루가 정말 힘들고 재미도 없습니다. 이왕 나갈 수밖에 없다면 그까짓 거 "오늘도 나가서 신나게 놀다 오자"라고 자신을 추스르면 하루가 근사해질 수 있습니다.

이렇게 말하는 저도 정말 생각을 바꾸는 일이 어렵고도 어렵습니다. 그래서 각양각색의 명상, 기도, 참선, 수련, 묵상, 체험 등을 통해 자신을 다스려보려고 애를 씁니다. 육신이 아니라 마음을 다스리려는 것입니다.

내 몸속에 숨어 있는 것은 현대과학으로 어느 정도 알아낼 수 있지만 내 마음속에 숨겨진 것은 결코 남이 찾아낼 수 없고 현대과학으로도 접근할 수 없습니다. 나만이 마음속의 비밀을 찾을 수 있습니다. 내 비밀을 찾는 방법 중에 하나는 '죽음'을 생각해 보는 것입니다. 살아 있는 사람 모두에게 죽음은 가장 두렵기 때문입니다.

오래전 마음고생을 하던 시절, 나는 3일 동안 명상수련을 한 적이 있습니다. 마음 다지고 들어가 새벽부터 밤 이슥토록 가부좌를 틀고 벽만 바라보고 있으려니 미칠 것만 같았습니다. 발에 쥐가 나면 주무르고 허리가 뒤틀리면 몸을 꼬고 졸음이 쏟아지면 혀를 깨물어 겨우 몸을 추스를 수 있었습니다.

그러나 끊임없이 머릿속을 휘젓는 망상과 '내 몸을 학대하는 게 아닌가' 하는 불만 따위가 쉼 없이 저를 괴롭혔습니다. 당장 포기하고 편안히 누워 자고 싶었습니다. 그러나 그놈의 체면 때문에 억지로 마음을 가다듬곤 했습니다.

수련과정 중에 '죽음명상'이 시작되었습니다. '곧 죽을 수밖에 없는 운명이라고 생각하고 유서를 써보라'고 했습니다. 지루하고 짜증나고 못 견디게 답답하던 마음에 느닷없이 거대한 파도가 밀려들었습니다. 할 말이 무지하게 많을 것 같은데 막상 쓰려고 하니 별로 쓸 말이 없었습니다. 쓸 말이 별로 없다는 것은 실제로는 죽지 않는다는 사실 때문이었습니다.

그래서 마음을 다지고 정말 지금 죽을 수밖에 없고 오로지 유서 쓸 시간밖에 주어지지 않았다면 어쩔 것인가, 하고 스스로에게 물었습니다. 그러자 먹지도 잠을 자지도 못하고 몇 날 며칠을 쉼 없이 쓸 것만 같았습니다.

인생에서 지나간 것은 모두 아름다운 추억이었습니다. 고통, 실패, 좌절, 슬픔, 미움, 외로움, 이별, 억울하고 배고팠던 기억조차 추억이 되고 또다시 그런 것들을 겪는 한이 있더라도 좀 더 살 수 있기를 바랐습니다.

하고 싶은 일만 해도 세월이 모자란데 하기 싫은 일을 하며 얼마나 많은 시간을 낭비했는가. 사랑을 주면 되었을 텐데 받기만 하려고 얼마나 꾀를 부렸는가. 지나고 보니 남을 기쁘게 하는 것이 즐거움이었는데 우선 나만 행복하면 된다고 얼마나 안달을 했는가. 함께 걸어가야 멀리 갈 수 있는데 나 혼자 저만치 앞질러 가려고 얼마나 욕심을 부렸는가.

재물은 죽을 때 가져가는 게 아닌데 남 못지않게 갖겠다고 얼마나 애를 썼는가. 잘난 척해봤자 알아주지도 않는데 우쭐해 잘난 체하느라고 얼마나 발버둥 쳤는가. 명예는 절로 얻는 게 아니라 인생을 모두 걸어야 하는데 별로 노력하지 않고 거머쥐려고 얼마나 애걸했는가. 권력은 국민이 따뜻하게 준 것만 가져야 하는데 분에 넘치게 가지려 하고 잘 벼린 칼이라도 되는 듯 휘두르고 싶어 얼마나 몸살을 앓았는가.

죽음을 앞두고 생각하니 이만큼 건강하게 살아 있는 게 기적이고 분에 넘치는 축복이었습니다. 죽음 앞에서는 다 부질없는 것들인데 평생을 매달리고 질질 끌려다니며 그것들의 노예가 되었다는 사실이 부끄러웠습니다.

살다 보면 위급한 지경을 겪거나 죽음의 공포에 허덕일 때가 있습니다. 스스로 못 견디어 자살할 생각을 한 것 외에도 갑자기 닥쳐온 죽음에 대한 절박한 공포를 경험한 적이 있습니다.

어린 시절 연탄가스에 중독되어 방에서 기어나오다가 의식을 잃었고, 수영실력을 뽐내며 바다 멀리 헤엄쳐 나갔다가 짠물 실컷 마신 채 돌아와 기절했고, 군대 가서 장교훈련 중에 높은 바위에서 하강하다가 밧줄을 놓쳐 추락했으며, 군사독재 계엄통치 시절에 계엄사령부에 끌려가 천둥 벼락 치는 소리에 정신줄을 놓은 적도 있었습니다.

무섭게 달려오던 좌석버스가 내 승용차를 덮쳐 부서진 차 안에 갇혀 의식을 잃어가기도 했고, 리비아에서 경치에 반해 모르고 군 경비지역에 들어갔다가 총구를 내 가슴에 대고 밀어젖히던 리비아 군인의 총이 격발되어 위험한 상황에 빠지기도 했고…… 얼핏 생각해도 대여섯 번 죽음의 공포에 절박했던 때가 있었습니다.

어차피 죽을 땐 빈손이며, 아무것도 가져가지 못한다는 걸 절실하게 깨닫게 됩니다. 죽는 것보다 더 안타까운 장면을 떠올리게 됩니다. 내가 그들에게 어떤 사람으로 기억될까, 가족들과 친지들이 진정으로 슬퍼할까, 내가 죽은 뒤에 얼마나 아쉬워할까…….

그러다가 문득 사랑을 남겨주는 게 가장 확실한 가치라는 걸 느끼게 됩니다. 사랑에 반드시 수반되는 게 배려, 베풂, 용서, 어울림, 동행이라는 것도 얼핏 알게 됩니다.

투병하는 암 환자들과 가족들의 슬픔, 그리고 남은 사람들의 고통이 함축된 동영상을 본 적이 있습니다.

죽음을 선고 받고 투병하는 그들에게 가장 후회하는 게 뭔지 물었더니 무려 48퍼센트가 사랑하는 사람에게 더 많이 표현하지 못한 것이라고 했습니다. 26퍼센트는 나 자신을 위한 시간을 갖지 못한 걸 후회했고, 19퍼센트는 공부나 일을 충분히 하지 못한 걸 후회한다고 했습니다. 곧 죽게 될 사람들이 남아 있는 사람들에게 꼭 들려주고 싶은 말이 분명합니다.

미국 텍사스 주에서 처형된 남녀 사형수들의 마지막 발언을 조사했더니 '사랑'이 월등하게 많았고, '감사'와 '미안'은 사랑에 비해 3분의 1 수준이었다고 합니다. 죽어가는 사람들의 후회를 의미 있게 받아들인다면 지금부터 사랑한다는 말을 더 자주하고, 말로만 할 게 아니라 정말 사랑해야 합니다.

죽을 때, 사랑하는 사람에게 더 많이 표현하지 못한 걸 아쉬워하는 일이 없어야 합니다.

그리고 나 자신을 위한 시간을 반드시 가져야 합니다. 남에게 피해를 주지 않고 기쁨과 보람이 되는 일이라면 한번 저질러보아야 합니다. 인생은 도전하고 저지르는 사람의 몫은 있어도 도망가거나 피하거나 주저앉는 사람의 몫은 없습니다.

4장

물처럼 유유하고
바람처럼 걸림 없이

세상 공부

어렵고 힘들 때 긍정적인 생각을 하면 뇌 속에서 긍정회로가 작동하여 어려움을 극복하는 아이디어와 자신감이 만들어지고 부정적인 생각을 하면 부정회로가 작동하여 자탄하게 되고 자신감을 잃게 된다고 합니다.

인상을 가다듬어야 합니다

전라남도 장성군 신촌리는 주로 노인들만 사는 시골입니다. 일손이 모자란 데다 장보러 가기 어려운 마을이어서 주인 없는 '무인가게'를 차릴 수밖에 없었습니다. 마을사람들은 필요한 물건을 가져갈 때 가격표를 보고 돈 통에 돈을 넣습니다. 돈이 없으면 외상장부에 'ㅇ월 ㅇ일 막걸리 1병, 라면 3개'라고 써놓으면 됩니다.

무인가게를 운영하는 이장의 말에 따르면 월말정산을 하면 단 한 푼도 틀림이 없다고 합니다. 그래서 사람들은 이 무인가게를 '양심가게'라고 불러줍니다. 그런데 더러 외지 사람이 가게를 찾는 경우가 있다고 합니다.

마을 사람들은 외지인이 오면 대충 인상이나 몸짓만 보고도 무인 가게를 양심적으로 이용할지 슬쩍 물건만 가져갈지 알 수 있다고 합니다.

인상이 괜찮으면 가게에 들어가든 말든 신경을 쓰지 않지만, 인상이 안 좋으면 은근히 감시하게 된다고 합니다. 한번 생각해 보세요. 내가 만약 그 무인가게에 들어간다면 마을 어른들이 믿거라 하고 신경 쓰지 않을지 은근히 주시하게 될지 스스로 거울을 보고 판단해 보세요.

어떤 모습, 어떤 분위기이든 그건 내가 만든 것입니다. 내 인상은 내 삶의 총체적 표현입니다. 잘생기고 못생긴 걸 떠나서 어떤 분위기를 풍기느냐가 관건입니다. 먹는 것, 생각하는 것, 행동하는 것들이 모여 지금의 내 모습을 조각해놓은 것입니다.

한 마디로 요약하면 '내 삶과 마음이 지금 내 모습을 만든 것'입니다. 더 응축하면 '내 마음이 바로 내 모습'입니다.

관상 전문가들의 공통된 주장은 타고난 모습보다 자기가 만들어가는 관상이 중요하다고 했습니다. 화를 낸 뒤에 거울을 보면 자기 모습이 험상궂은 걸 알게 됩니다. 근심 걱정을 한 뒤에는 짜증난 얼굴이 되고, 기쁨에 젖은 뒤에는 화사한 얼굴로 변했음을 알게 됩니다.

　마주치면 슬쩍 피하고 싶은 사람들을 떠올려보세요. 못생겼거나 초라해 보이는 사람이 아니라 뭔가 분위기가 안 좋은 게 느껴지는 사람입니다.

　분위기는 타고나는 게 아니라 살면서 만드는 것입니다. 그래서 관상쟁이는 사람마다 다른 분위기를 살펴 '쪽집게' 소리를 듣는 것입니다. 관상쟁이가 아닌 보통사람도 사람의 분위기를 보면 대충 그 사람의 성격이나 직업을 알 수 있습니다. '저 사람은 건달 같고, 저 사람은 샌님 같고, 저 사람은 품격이 있는 것 같고, 저 사람은 매몰찰 것 같고……' 이렇게 각자의 주관대로 판단하지만 많이 틀리지는 않습니다.

　그렇다면 남이 내 모습을 어떻게 생각할지 곰곰이 살펴보아야 합니다. 마음 터놓을 친구나 연인이나 부부끼리 한번 정중하고 솔직하게 물어보세요. 지금의 내 모습이 어떠한지를.

　남에게 좋은 인상을 주려면 내가 먼저 편안하고 자유로워야 합니다. 어렵고 힘들 때 긍정적인 생각을 하면 뇌 속에서 긍정회로가 작동하여 어려움을 극복하는 아이디어와 자신감이 만들어지고 부정적인 생각을 하면 부정회로가 작동하여 자탄하게 되고 자신감을 잃게 된다고 합니다.

일본의 전설적 관상학자인 미즈노 남보쿠는 일찍이 부모를 여의고 불우한 소년기를 보냈습니다. 그는 난폭하고 거칠게 살다가 결국 옥살이까지 하게 되었습니다. 감옥에서 죄수들의 관상이 일반인들과 어딘지 좀 다르다는 생각을 하게 된 그는 출옥한 뒤에 스님과 관상가를 찾아가 치열하게 공부했습니다.

그는 관상가가 되기 위해 3년간은 이발소에서 두상을 연구하고 3년간은 목욕탕에서 때밀이를 하며 체상을 연구했습니다. 그리고 또 3년은 화장장에서 일하면서 죽은 사람의 골상을 연구해서 관상계의 1인자가 되었습니다. 관상을 보면 1만 명 중에 1명도 틀리지 않는다고 소문이 날 정도였고, 제자가 무려 3천 명이나 되었다고 합니다.

그는 무엇보다 음식 먹는 습관이 사람의 관상을 좌우한다고 역설했습니다. 소박하게 먹고 절제해야 병도 없어지고 길상(吉相)으로 바뀐다는 뜻입니다. 폭식, 대식, 불규칙한 식사습관은 현대과학에서도 병의 근원이고 고통을 유발한다고 합니다. 냉장고를 열어보고 식탁을 보면 그 집안 구성원의 병명과 건강상태를 알 수 있다는 말도 있습니다.

출세하고 싶으면 자신의 인상을 유심히 살펴봐야 합니다. 사람의 첫인상은 5초 만에 결정된다고도 합니다. 편안한 인상이란 대체 어떤 모습이겠습니까? 내 얼굴은 나보다 남이 먼저 첫인상을 결정하게 됩니다. 상대의 마음을 편하게 하는 얼굴은 의외로 평범하거나 덜 매력적인 모습입니다.

인간의 뇌에서 안전을 관장하는 '파충류의 뇌'는 완벽하게 아름다워 보이거나 나보다 뛰어나거나 강해 보이는 사람과 마주치면 무의식중에 불신경보가 발령되어 원초적 반감을 갖는다고 합니다.

흔히 말하는 질투나 시샘도 그런 작용일 것입니다. 학력, 인물, 집안이 좋은 A와 고등학교를 겨우 졸업하고 인물도 그냥 그렇고 허드렛일을 하는 B가 노래 겨루기를 해서 최종심사까지 올라갔다면 누가 대상을 거머쥘 것 같습니까. 인기투표를 해보면 공통적으로 B가 대상 받는 경우가 훨씬 많다고 합니다.

얼마 전 음악 서바이벌 프로그램인 〈슈퍼스타 K〉에서 막상막하의 노래실력을 뽐냈던 존박과 허각이라는 걸출한 젊은이의 대결에서 더 많은 사람이 허각이란 젊은이에게 마음을 주었습니다.

한 가지 예를 더 들어보겠습니다. 팔등신의 몸매에 눈부신 미모, 황금비율의 이목구비를 갖춘 여배우 A와 살집 좋고 수더분하며 늘 잘 웃고 미인은 아니지만 왠지 용서도 잘 하고 슬픈 일엔 같이 울어줄 것 같은 여배우 B가 영화제에서 마지막 대상을 놓고 인기투표를 했다고 가정해 보세요.

특별한 경우가 아니면 여배우 B가 대상을 받는다고 합니다. A는 인물값을 한다고 생각하기 쉽고, B는 연기력이 좋다고 생각하기 쉽습니다.

그래서 고위직으로 갈수록 평범하거나 덜 매력적인 사람이 많다고 합니다. 평범하거나 덜 매력적인 사람은 왠지 순수하고 악의가 없어 보이지만 잘생기고 매력적인 사람은 무언가 꾸며진 듯하고 믿기 어려운 사람이란 느낌을 받습니다. 잘생긴 사람은 까다롭고 거만하며 잘난 체하느라고 상대를 무시할 것 같은 느낌을 주기 쉽습니다. 그러나 평범한 사람은 무난하고 편안하며 두루 잘 어울리며 상대를 인정해 줄 것 같은 느낌을 줍니다.

예부터 미인은 팔자가 사납고, 잘난 사람은 갈 길이 험하며, 일찍 출세하면 불행해지고, 많이 누린 사람은 비참해진다고 했습니다. 괜히 생긴 말이 아닙니다. 오랜 세월 무수한 사람들의 삶을 지켜보면서 느낀 공통된 의견이었습니다.

세상에 닮은 사람은 있지만 꼭 같은 사람은 없습니다. 그래서 사람의 매력은 '남과 다른 것'이고 '그 사람만의 독특함'입니다.

그런데 사람들은 '누구와 닮은 것'을 매력이라고 생각하기도 합니다. 가끔 유명인과 닮은꼴 경연대회를 보면 참 많이도 닮은 사람들을 보게 됩니다. 그런데 유명인에게서 느꼈던 매력을 발견하기는 어렵습니다.

자신의 외모가 평범하다고 스트레스를 받거나 속상해하지 마세요. 그것은 남이 흉내 낼 수 없는 나만의 매력으로 만들 수 있는 최상의 도구가 됩니다.

명배우들은 대개 최고의 미남미녀들이기 때문이 아니라 개성 있는 연기력과 외모와 매력 때문에 박수를 받는 것입니다. 세상 사람의 99.9퍼센트는 평범하거나 그 이하로 생겼습니다.

내 존재가치를 소중하게 여기면 자존심이 높아지고 생김새에 주눅 들지 않습니다. 생긴 거, 그게 뭐 어쨌다고 기가 죽어야 합니까. 내 매력은 바로 남과 다른 내 생김새에서 발견되는 것입니다.

사람들은 편안한 사람에게 더 가까이 다가간다는 걸 잊지 마세요. 당신은 웃는 모습만으로도 참 매력덩어리입니다.

마음을
닦으십시오

마음공부를 하다 보면 가슴에 탁 걸리는 게 있습니다. 바로 세상만사 마음먹기에 달렸다는 뜻의 '일체유심조(一切唯心造)'라는 경구입니다. 이 말을 들을 때마다 저는 천하의 진리인 걸 알면서 안 되는 걸 어쩌란 말이냐고 되뇌입니다.

어느 화창한 날, 제가 좋아하는 선배이자 저명한 교수를 만났습니다. 깜짝 놀란 것은 몇 달 안 본 사이에 폭삭 늙은 데다 눈빛도 흐려져 있었기 때문입니다. 품격 있게 노년을 맞이한 선배가 정년퇴직하고 나니 어찌 저리 흐트러졌을까 생각하자 화가 났습니다. 다른 사람은 아니더라도 그 선배만이라도 꼭 품격 있고 곱게 늙어줘야 내가 본받을 게 아니냐고 생각했습니다.

차마 "왜 그리 잠깐 사이에 폭삭 늙으신 거예요?"라고 물어볼수가 없었습니다. 나이가 들면 병치레를 하기도 하니까 혹시 건강에 무슨 문제라도 있어서일지 모르니까요.

그로부터 몇 달 지난 후, 그 선배와 함께 여행을 하게 되었습니다. 그런데 이전과는 달리 인상이며 옷매무새며 눈빛이 매우 좋아보였습니다. 마침내 그는 스스럼없이 지난 몇 달 동안 겪은 얘기를 하며 해맑게 웃었습니다.

저와 만났을 즈음에 대학병원에서 건강검진 결과를 듣고 크게 놀랐다고 했습니다. 혈관계통에 이상이 있는 듯하다며 의사가 재검진을 하자고 했으니 얼마나 놀랐겠습니까. 일주일 만에 재검진을 했더니 이번에는 정밀검사를 해보자고 하여 그 말만 듣고도 초주검이 될 수밖에 없었다고 합니다.

여러 차례 정밀검사를 하는 동안에 그는 온갖 방정맞고 불길한 생각에 휩싸였다고 합니다. 그 때문에 불면증에 식욕부진, 어지럼증, 이명, 소화불량, 변비, 심장 이상, 시력 이상 등 갖가지 증세로 스스로 사그라지기 시작했습니다. 어쩌면 암으로 온몸이 꺼져 들어가는 거라고 생각할 수밖에 없었습니다. 설마 암이랴 싶다가도 여기저기 아픈 증세를 보면 영락없는 말기암이었습니다. 생각만 해도 끔찍했습니다.

인생을 곱게 마무리하고 싶었는데 이게 웬 날벼락인가 싶었고, 암이라면 차라리 스스로 목숨을 내던질까도 생각하게 되었다고 합니다. 이럴 줄 알았으면 진작 가족과 오순도순 지내고 친지들과 다정하게 교류하고 학문적 성과도 더 높이고 재미있게 살았어야 했다는 후회가 거센 파도처럼 밀려들었습니다.

그리고 몇 차례의 정밀검사 끝에 아무 이상이 없다는 의사의 말을 들었습니다. 그는 집으로 돌아와 3일 밤낮을 극심한 몸살에 시달려야만 했습니다. 불과 한 달 만에 폭삭 늙어버렸고 온몸의 진기가 다 빠져나가버렸으며 몸을 가눌 수 없을 정도가 된 것입니다. 몸엔 병이 없었지만 마음의 병을 크게 앓았던 것입니다.

주변에서 이와 비슷한 얘기를 가끔 듣습니다. 의사가 정밀검사나 조직검사를 하자는 순간 실제로 몸이 아파 눕는 사람이 있습니다. 그러다가 이상 없다거나 괜찮다는 의사의 말 한 마디에 지옥에서 다시 돌아왔다고 말하기도 합니다.

그런 경험을 하게 되면 지옥과 천당이 멀리 있는 게 아니라 바로 내 곁에, 마음속에 있다는 걸 알게 됩니다. 있지도 않은 병을 있는 것처럼 생각했기에 정말 몸이 아프게 된 것입니다. 실제 병이 있는데 모르고 살아가다가 병이 스쳐지나간 걸 나중에 알게 되는 경우가 꽤 많습니다.

의사들의 말에 따르면 몸 안에 병이 들었던 흔적들이 많이 발견된다고 합니다. 모르고 지나쳤거나 사는 게 바빠 병원 가는 걸 미루었거나 아프다가 말겠지 하며 차일피일 하다가 절로 괜찮아진 경우가 은근히 많다는 것입니다.

'모르는 게 약'이라는 옛말이 있습니다. 모르고 지나갔으면 그만이었을 일을 알게 되는 바람에 마음고생을 하는 경우가 많습니다. 옛 어른들이 깨달은 지혜의 한 줄기일 것입니다.

아는 사람이 나를 헐뜯거나 욕을 했을 때 아무도 내게 말하지 않고 덮어두면 그냥 아무 일 없는 사이가 됩니다. 중간에서 누군가 그 말을 전하면 무척 속상할 뿐 아니라 나를 욕한 사람을 미워하게 됩니다. 이런 경우에 모르는 게 약이 될 수 있습니다.

그러나 '아, 내가 욕먹을 짓을 했구나' 하고 잘못을 빌거나 태도를 바꾸게 되면 그 욕은 천하의 명약이 됩니다. '모르는 게 약'이라는 말은 소극적 삶의 모습이고, '알고 다스리는 것'은 적극적인 삶의 태도입니다.

영국의 시인 밀턴은 "마음이 천국을 만들고 지옥도 만든다"고 했습니다. 그런데 마음은 참으로 변덕이 심합니다. 그 변덕스런 마음에 내가 끌려다니려니 얼마나 고생이 많겠습니까. 그래서 버드나무처럼 유연해야만 합니다. 바람이 불면 흔들리다가도 바람이 멈추면 고요해져야 합니다. 버드나무는 가지를 잘라 거꾸로 심어도 자란다고 합니다.

사람이 버드나무처럼 유연할 수는 없습니다. 그러나 슬픔, 실패, 좌절, 근심, 걱정 따위를 희망, 기쁨, 즐거움, 보람 등으로 바꿀 수 있어야 합니다. 그러려면 마음을 조금은 비워둬야 합니다. 만찬에 초대되었을 때 맛있는 걸 많이 먹으려면 뱃속을 어느 정도 비워둬야 하듯이 내 마음에 행복과 기쁨을 채우려면 비워야 합니다.

인도의 힌두교도들은 죽기 전에 갠지스 강에 몸을 씻으면 지은 죄가 씻어진다고 믿습니다. 이에 바라문이 말하기를 "정말 갠지스 강물로 죄를 씻을 수 있다면 강에 사는 물고기들은 모두 해탈했을 것이다"라고 했습니다. 이 가르침은 몸을 씻기보다 마음을 씻으라는 뜻 같습니다.

마음을 씻는다고 하면 흔히 반성이나 참회를 생각하는데, 마음 씻기의 진정한 의미는 나를 들여다볼 수 있게 마음을 잘 닦으라는 뜻입니다. 내 육신은 구석구석 어찌 생겼는지 알지만 내 마음은 하도 변덕스러워서 알 듯하다가도 모르고 안 보이는 것 같다가도 보이는 것입니다.

흐린 거울에 비춰보면 내 얼굴을 제대로 볼 수 없습니다. 나 자신을 알려면 마음을 닦아야만 합니다.

몸을
강하게 하세요

제자들에게 인생을 잘 살아가기 위해서는 몸이 건강해야 하니 정기적으로 건강검진을 받으라고 했더니, "선생님은 건강검진을 받으셨나요?"라고 물었습니다. 저는 웃을 수밖에 없었습니다. 육십 평생 종합건강검진을 받아본 적이 없기 때문입니다.

담배를 너무 많이 피웠고 피운 햇수도 너무 길었으며 여기저기 고장이 나면 땜질하듯 치료를 받았을 뿐입니다. 일을 하거나 글을 쓸 때는 두려울 게 없는 것처럼 행동했지만 병원에 가는 것만은 겁이 났습니다.

검진을 받으면 틀림없이 큰 고장이 발견될 거라고 지레 겁을 먹었습니다. 건강검진을 받으라고 할 때마다 핑계를 대며 버텼습니다. 몸에 문제가 생긴다면 내 성격에 견디지 못하고 거기에만 매달려 더 큰 병을 얻을 것 같았습니다.

제자들에게 건강검진을 받지 않은 이유를 물었더니 나 같은 겁쟁이들이 많았습니다. "나는 나이 들고 겁이 많은 사람이라 그렇다 쳐도 그대들은 젊고 앞날이 창창하다. 가능하면 빠른 시일 안에 건강검진을 받아라. 우리나라 의술이 세계 최고수준이다. 초기에 발견하면 아무리 어려운 병마라도 잡을 수 있다. 이건 용기의 문제가 아니라 자기 몸을 사랑해야 할 사람의 의무다. 뿐만 아니라 가족과 친지와 친구를 위하는 일이자 대한민국을 위하는 일이다"라고 그럴듯하게 말했습니다.

제자들이 만면에 웃음을 띠며 말했습니다. "저희들보다 급한 게 선생님입니다. 느끼고 깨닫고 반드시 실천해야 지혜로운 것이라고 가르치신 선생님이 아니십니까?"

대꾸할 말이 없었습니다. 그러다가 평생 처음으로 건강검진을 받게 되었습니다. 간암이 쓸개관에 전이되어 절제 수술을 받은 적이 있는 친지의 간곡한 청 때문이었습니다.

"내가 대수술을 받아보니 진작 정밀검사를 받지 않은 게 몹시 후회되었습니다. 사랑하는 사람이라면 간곡하게 설득해서라도 건강검진을 받게 해야 합니다."

반나절쯤 시간을 내어 내 몸을 찬찬히 살펴 결과가 좋으면 행복하고 탈이 났으면 얼른 고쳐서 건강을 찾아야 합니다. 흔히 돈을 잃으면 조금 잃는 것이고 명예를 잃으면 많이 잃는 것이며 건강을 잃으면 다 잃는 것이라고 합니다.

평소에는 별로 실감나지 않지만 막상 병이 나면 그런 말이 가슴에 깊게 와 닿습니다. 딱 한 번 살다가는 인생인데 적극적으로 삶의 질을 높여야 합니다.

운동선수들의 평균수명이 의외로 짧다는 통계치를 보고 의아해한 적이 있습니다. 몸을 강하게 해야 건강해지는 게 아니라 몸을 유연하게 해야 진짜 건강해지는 것이라고 합니다.

몸을 유연하게 하려면 먼저 마음이 유연해져야 합니다. 몸이 마음을 따라가는 것이지 마음이 몸을 따라 가는 게 아닙니다.

골퍼는 돈을 내고 골프장을 걷습니다. 골퍼를 도와주는 도우미 역할의 캐디는 하루 일당을 받고 걷습니다. 그런데 골퍼는 꼭두새벽부터 눈비를 맞으며 운동해도 팔팔한데 따라다니는 캐디는 고된

일과에 지쳐버립니다. 골퍼는 스포츠라고 생각했기에 즐겁고 캐디
는 노동이라고 생각했기에 힘겨운 것입니다.

인생도 마찬가지입니다. 생각하는 대로 따라가게 마련입니다. 인
생은 결코 노동이 아닙니다. 인생은 스포츠이자 놀이이며 보람이
자 기쁨이고 자유여야 합니다.

스코틀랜드 속담에 참 멋진 말이 있습니다.

'살아 있는 동안 행복하라. 죽어 있는 시간이 길 것이니.'

사람의 평균수명이 점점 길어지고 있습니다. 그러나 언젠가는 반
드시 죽습니다. 그리고 죽은 다음엔 그냥 모든 게 끝이라고만 생각
하지 우리가 죽더라도 시간은 흐른다는 생각은 하지 않습니다.

죽어 아무것도 할 수 없는 시간을 생각해 보셨나요?

살아 있는 시간과 비교할 수 없을 만큼 깁니다. 살아 있는 동안
즐겁고 건강하고 행복해야 하는 이유입니다.

물속에
젖어야 합니다

이른 아침에 부산행 KTX를 탔습니다. 출발한 지 5분 남짓, 바로 뒷자리에서 코 고는 소리가 요란하게 들렸습니다. 밤잠을 설쳐 피곤한 탓에 조용히 눈을 감고 쉬었으면 했는데 코 고는 소리는 점점 커졌습니다.

'몸 관리를 좀 하든가. 가족들은 매일 저 소리를 어찌 견딜까. 단체 여행이나 할 수나 있을까?' 하는 생각부터 참 예의가 없다는 생각에 짜증이 났습니다.

주위의 승객들도 흘깃흘깃 코 고는 남성을 쳐다보는데 그 눈초리가 금방이라도 한마디 할 기세였습니다. 제 인내심도 한계에 이르러 거의 폭발할 지경이었습니다. 저는 마음을 다스려보려고, '저 소리가 자장가라고 생각해보자, 스트레스 받으면 나만 손해지. 저 사람은 세상모르고 자고 있는데……' 하며 애써 마음을 누그러뜨리려고 해도 평정하기 어려웠습니다.

그러다가 문득 주머니에 있던 메모지를 꺼내보게 되었습니다. 어떤 글을 읽다가 마음에 와닿아 적어놓은 구절이었습니다.

제자가 스승에게 '고뇌에서 벗어나는 방법'을 묻자 스승은 대답 대신 나무를 끌어안고 "살려달라!"고 소리쳤습니다. 그런 스승의 모습을 보고 제자는 문득 깨달았습니다. 나무가 스승을 붙잡은 게 아니라 스승이 나무를 잡고 소리치듯 고뇌도 내가 가서 끌어안은 것이었습니다.

저는 메모지를 들고 코 고는 사람을 다시 한 번 쳐다보고 씨익 웃어주었습니다.

'내가 세상의 온갖 고뇌를 부여잡고 아우성 친 것이지 세상이 나를 붙잡고 늘어진 게 아니었구나.'

그러고는 코 고는 남자를 제 형님이라고 생각하기로 작정했습니다. 넉넉지 못한 살림에 한 푼이라도 벌어보겠다며 밤새워 작업을 하다가 어머니가 병상에서 위독하다는 소식을 듣고 새벽기차를 탔으리라. 평소 같으면 한 푼이라도 아끼려고 고속버스를 탔겠지만 객지에 나간 아들을 찾는 어머니를 한시바삐 보기 위해 애타는 심정으로 고속철도를 이용했으리라. 얼마나 피곤하고 지쳤으면 기차가 출발하자마자 잠이 들었을까. 피곤을 이겨내려고 새벽바람에 소주 반 병으로 빈속을 채운 건 아닐까······.

이렇게 생각하니 코 고는 소리가 아까처럼 극성스럽게 들리지는 않았습니다.

그러나 조금 지나자 또 슬그머니 짜증이 올라왔습니다. 어쨌든 스트레스 받지 말고 두어 시간을 잘 견디려고 생각에 몰두했습니다. 그러자 스승의 매서운 목소리가 내 귓가를 때렸습니다.

"나를 화나게 한 사람이나 미운 사람을 전생에 내 어머니였다고 생각해 보라. 그 정도의 가슴은 있어야 하지 않겠는가."

그리고 곰곰이 생각해 보았습니다. 코를 골며 곯아떨어진 사람이 의도적으로 나를 못살게 군 것이 아닙니다. 그는 너무 피곤하고 힘들어 그냥 잠들었을 뿐입니다. 그런데도 저는 그를 미워했습니다. 그렇다면 저는 남에게 늘 좋은 모습만 보여줬을까요. 코는 골지 않았지만 말로, 글로, 행동으로 수없이 누군가의 마음을 불편하게 했을 것입니다. 차라리 코를 골면 피하거나 두어 시간 참으면 되겠지만 말과 글, 행동으로 괴롭힌 것은 평생을 갈 수도 있습니다.

"아, 그래서 지금 코를 심하게 고는 저 사람을 내 뒤에 앉게 해서 나의 지난 잘못을 꾸짖고, 마음을 가다듬게 하려는 것이구나" 하는 생각을 했습니다. 그리고 "이 정도의 형벌은 너무 가볍지 않은가, 달게 받자" 하고 마음을 다스렸습니다.

신기하게도 그때부터 그의 코 고는 소리가 나를 괴롭히지 않았습니다. 문득 코 고는 소리가 들리지 않자 이젠 걱정스러웠습니다. 혼곤한 그를 누가 깨웠을까. 피곤이 완전히 풀릴 때까지 푹 자야 할 텐데, 혹시 내려야 할 역을 지나친 건 아닐까. 슬그머니 돌아보니 눈을 힘주어 감고 입을 앙다문 채 차창에 기댔던 그는 잠시 몸을 좌우로 비틀더니 다시 코를 골기 시작했습니다.

저는 코를 더 크게 골아도 좋으니 목적지에 도착할 때까지 늘어지게 깊이 잠들기를 바랐습니다.

그림자가 물속에 있다고 자기 몸이 물에 젖지 않듯이 저는 한 시간 정도 내 마음과 싸워 겨우 알아차렸습니다. 제 그림자가 물속에 들어가 있는 것은 내가 물가에 있었기 때문이라는 것을.

소박하게,
드러나지 않게

인생을 잘 산 사람들을 유심히 살펴보면 대체로 먹는 건 소박하고 몸은 가볍고 생각하는 건 밝고 행동하는 건 품격이 있었습니다.

법정 스님이 열반했을 때 많은 사람들이 다시 한 번 되새겨본 건 '무소유'의 삶이었습니다. 무소유라고 하면 얼핏 무엇이든 갖지 말라는 의미로 생각하는 사람도 있습니다. 세상살이에 가진 것 없이 어찌 살란 말이냐고 언성을 높이기도 합니다.

법정 스님이 말씀하신 '무소유'의 진정한 뜻을 어찌 다 헤아릴 수 있으랴만 제 작은 소견은 이러했습니다. 명예·권력·돈을 갖되 가볍게 가지라는 것이고, 자유로우며 품격이 있고, 남에게는 늘 배려하며 자신에게는 엄격하되 지극히 사랑하라는 뜻이었을 것 같습니다.

아무것도 갖지 말라는 게 아니라 가벼이 여기고, 힘겨운 이웃과 나누고, 명예·권력·돈 따위로부터 자유롭게 살라는 가르침이라고 생각합니다. 세파에 끌려다니지 않고 자기 뜻대로 할 수 있어야 비로소 자유로운 사람이라고 말할 수 있습니다.

자유란 가치 있는 행동을 실행할 때 외부의 구속이나 장애 없이 독립하여 마음대로 할 수 있는 상태를 뜻합니다.

어차피 다 가질 수 없습니다. 많고 적다는 차이는 있습니다. 우리를 기쁘게 해주었던 성철 대선사, 김수환 추기경, 법정 스님 같은 분들이 많은 것을 가졌을까요? 소박하고 자유로웠기에 존경의 대상이 되었습니다.

동물들의 먹이를 보면 그들의 성정이나 생존법을 알 수 있습니다. 육식동물은 매우 공격적이고 초식동물은 비교적 순하며 잡식동물은 양면성을 가졌다고 합니다. 사람도 먹는 습성에 따라 성격이 변한다고 합니다.

　고대 인도에서는, 사트빅(Sattvic)은 마음을 평온하게 하고 건강을 지켜주는 음식이며, 라자식(Rajasic)은 자주성이 강하고 순수하고 맑은 마음을 갖게 하는 음식이라고 합니다, 가공식품 같은 죽은 음식을 상징하는 타마식(Tamasic)을 먹으면 열정이 넘쳐 때론 포악해지며 게으르고 어리석게 된다고 했습니다.

　인생이 정말 가벼워지려면 5가지를 소박하게 먹어야 합니다. 입뿐만 아니라 눈, 코, 귀, 그리고 마음을 가볍게 먹어야 합니다. 소박하게 먹고, 모든 일에서 아름다움을 보고, 향기를 맡고, 아름답게 듣고, 넉넉하게 담아두어야 합니다.

　소식하라고 하면 사람들은 무조건 적게 먹어야 한다고 생각하는데 그렇지 않습니다. 사람마다 키, 체중, 육체 활동량, 뇌의 사용량, 타고난 체질이 다르기 때문에 내 몸이 사용하고 별로 남지 않을 정도의 양을 먹는 걸 소식이라고 합니다. 사람은 시장기를 느끼거나 공복일 때 면역력이 증가한다고 합니다.

　생각과 마음도 마찬가지입니다. 꼭 채우지 말고 조금은 헐렁하게 비워놓아야 합니다. 사람은 본능적으로 위장이든 마음이든 자꾸 채우려고 합니다. 무엇이든 자꾸 채우려고 하는 것은 행운을 바라는 것과 같다고 할 수 있습니다. 행운이란 행복한 운수의 준말인데, 운수(運數)란 이미 정해져 있어 사람의 힘으로는 어쩔 수 없음을 뜻합니다.

결국 행운은 노력 없이 복이 굴러들어 오기를 원하는 것입니다. 행운을 바라는 사람은 미신에 의지하려는 마음이 생깁니다. 미신에 기대는 생각이나 행동을 안 해본 사람이 있겠습니까마는 요행을 기대하는 건 옳은 삶의 태도가 아닙니다.

저도 종종 미신에 의지할 때가 있습니다. 중요한 일을 앞두고 아침에 까치가 울면 오늘은 일이 잘 풀릴 거라고 생각합니다. 면도를 오른쪽부터 하면 좋은 일이 생길 거라든지, 기도할 때 동쪽을 바라보고 하면 잘 이뤄질 거라든지, 붉은색 넥타이를 매고 나가면 좋은 사람과 어울릴 거라든지……, 미신이라고 생각하면서도 기대하곤 합니다.

운동선수들이 시합을 앞두고 수염이나 머리를 자르지 않는다든지, 행운이 있다고 믿는 목걸이나 물건을 몸에 지니는 경우가 있습니다. 아들 여럿 낳은 집의 배냇저고리를 간직하고 있으면 아들을 낳게 된다는 속설도 있고, 휴대전화 번호나 자동차 번호판의 숫자가 좋으면 돈이 굴러들어 온다는 얘기도 떠돕니다.

그런 행위가 어쩌다 맞아떨어지는 경우가 있기에 쉽게 털어버리지 못하는 것 같습니다. 노름판에서 가끔 잭팟이 터지고, 고스톱 판에서 간혹 높은 점수가 나오고, 경마장에서 어쩌다 많은 돈을 따는 경우가 있기에 중독에서 벗어나지 못하는 것입니다.

돈을 걸고 도박은 할지라도 인생과 목숨을 걸고 도박을 해선 안됩니다. 우리가 얻고자 하는 것에 공짜는 결코 없습니다. 김치처럼 여러 가지 양념을 넣고 버무려 숙성시키듯 내 열정과 고뇌와 정진과 실패를 두려워하지 않는 뱃심이 버무려지고 농익어야만 합니다.

스승을 찾으세요

산을 좋아하다 보니 비교적 자주 산에 오르는 편입니다. 한참 전 얘기지만 산에서 저를 부끄럽게 하는 사람을 만났습니다. 그는 나무라거나 야단치지도 않고 말을 걸지도 눈길을 마주치지도 않지만 저를 부끄럽게 했습니다.

60대쯤 되어 보이는 그는 처음 만났을 때 반신불수 상태여서 한쪽 팔을 끈으로 여며 목에 걸었고 한쪽 다리도 불편해 보였습니다. 예전에 아버지가 중풍으로 반신불수가 된 적이 있어서 그 사람의 동작이나 힘겨운 표정을 더욱 눈여겨보게 되었습니다. 홀로 왜 저리 나와 힘겹게 돌아다닐까 싶을 만큼 안쓰럽고 애처로워 보였습니다.

 가족이 없는지도 모릅니다. 반신불수가 된 몸을 끌고 저토록 힘겹게 산에 오르는 것은 치료비가 없기 때문인지도 모른다는 생각이 들 정도로 행색이 초라해 보였습니다. 일주일에 한 번쯤 산에 오르는데 갈 때마다 만나게 되는 걸로 미루어 매일 오후에 산행을 하는 것 같았습니다.

 어떤 때는 조금 거들어주고 싶은 마음이 생겼지만 엄숙하고 치열함이 느껴지는 눈빛과 표정 때문에 감히 말 걸기도 어려웠습니다. 제가 걷는 코스가 두 시간 정도인데 그 사람 걸음으로는 여섯 시간은 족히 걸어야 할 것 같았습니다. 그러나 한두 달 지나면서 그는 눈에 뜨이게 걸음걸이가 편해졌고, 표정도 훨씬 밝아진 것 같았습니다. 두 팔도 어색하게나마 흔들 정도가 되었습니다.

 그후 겨울이라 산행을 쉬었다가 다시 등산을 시작한 어느 봄날, 산에서 마주친 그 사람은 놀랍게도 아주 건강한 모습으로, 얼추 제 걸음만큼 빠르게 산길을 걸었습니다. 제가 그 사람을 위해 한 일이라곤 산에서 마주칠 때마다 '꼭 낫게 해달라'는 가벼운 기도뿐이었는데도 마치 오래된 친구나 된 것처럼 반가워 나도 모르게 인사를 했습니다.

 그도 환하게 웃었습니다. 누구와도 눈을 마주치지 않고 걷던 사람이 저리 해맑게 웃다니. 기적의 한 장면을 본 듯이 기뻤습니다.

저는 그의 등 뒤에 대고 두 손을 모았습니다. 저를 부끄럽게 만든 사람이지만 제게 인생의 소중한 지혜를 가르쳐준 스승이었기에 마음으로 예를 갖추었습니다. 소중한 내 몸을 아끼지 않고 함부로 사용한 것이 부끄러웠습니다.

공자는 "세 사람이 함께 길을 걸어가면 반드시 그중 하나는 나의 스승이다"라고 가르쳤습니다. 잘난 사람은 좋은 점을 가르쳐주는 스승으로 여기고 못난 사람은 그를 닮지 않도록 깨우쳐주는 스승으로 여기라고도 했습니다.

산에서 스쳐간 사람이 저를 깨닫게 해주었으니 어찌 스승이 아니라고 말할 수 있겠습니까. 행색이 남루하고 몸이 불편해 보였지만 자신에게 닥친 시련을 옹골차게 극복해내는 그 모습은 참 아름다웠습니다.

아무리 웅장하고 큰 문이라도 조그마한 열쇠 하나만 있으면 스르륵 열린다는 사실을 모르는 사람은 없을 것입니다. 절벽이 높아도 그 옆으로는 작은 오솔길이 있어 산 아래로 내려갈 수 있는 방법을 제시해 주곤 합니다.

지금 자신의 마음을 어디엔가 가두어두고 잠가버린 사람들이 있지는 않은지요. 절벽 위에 자신을 내팽개쳐두고 바로 아래만 바라보고 있는 사람은 없는지요. 이제 열쇠를 꺼내고 오솔길을 찾아 내려올 때입니다. 스승이 바로 그런 역할을 해줍니다.

이웃과 함께 사십시오

예전에 신문에서 참 멋있는 기사를 읽었습니다. 어느 날 막벌이꾼 두 사람이 한 대학의 캠퍼스에 고철 덩어리가 쌓여 있는 것을 보고 그걸 거두어다가 고물상에 21,500원을 받고 팔았다고 합니다. 이튿날에도 그들은 남은 고철을 거둬가려고 용접기로 절단하다가 미술학과 대학원생의 신고로 경찰에 붙잡혔습니다.

사실 그들이 절단해 팔아넘긴 고철은 그 대학 교수의 작품으로 값이 3천만 원이나 되는 미술품이었습니다. 그들은 "학교 측이 귀찮아서 처리하지 않은 줄 알았습니다. 고철 덩어리가 미술작품이라니 믿을 수 없군요"라고 했습니다.

작품을 만든 교수는 김포에 있는 자신의 야외 작업실로 작품들을 옮기려고 계획했던 때였는데 참으로 어처구니없는 일을 당하게 된 것이었습니다. 하지만 그 교수는 "모르고 저지른 일이니 보상은 원치 않습니다. 대신 보수 작업에 참여시켜서 작품활동의 의미를 일깨워줄 생각입니다"라고 말했습니다.

이 이야기를 듣고 사람 냄새가 얼마나 향기로운지 느낄 수 있었습니다. 만약 그 교수가 특수절도로 막벌이꾼들을 처벌하라고 했다면 배우지 못해서 조각품과 고철을 구분하지 못한 자신들의 신세를 한탄하며 꼼짝없이 옥살이를 했을 것입니다.

그들이 미술작품인 걸 알았다면 설마 2만여 원 받고 팔았겠습니까. 더 자세한 얘기는 알 수 없지만 고물상 주인도 가슴을 쓸어내리며 한 번쯤은 고철과 조각품에 대해 생각해 봤을 것 같습니다.

그 교수의 마음 씀씀이는 관용에서 나온 것이었습니다. 넉넉한 인간애를 가진 정신적 강자임이 분명합니다. 이렇게 근사한 얘깃거리는 널리 알려지지 않았지만 분명 마음을 따뜻하게 하는 사연입니다.

우리가 일일이 확인하지 않아서 그렇지 참 따스하고 향기 나는 얘기는 얼마든지 있습니다. 그래서 우리 사회가 이만큼 굴러가고 있는 것입니다. 정신적 강자는 약자에게 배려하는 향내를 풍기곤 합니다. 배려는 세상을 혼자 살지 않고 여럿이 함께 살아가겠다는 여유로운 마음에서 시작됩니다.

아무리 걷기 좋고 경치 좋은 올레길이라도 하루나 이틀쯤 혼자 걷는 것은 괜찮지만 몇 날 며칠을 혼자 걸어야 한다고 생각해 보세요. 지루하고 재미도 없고 걷는 게 힘들어질 수도 있습니다. 그러나 좋아하는 사람과 걷는다면 언제라도 즐거운 마음으로 걸어갈 수 있습니다.

세상을, 인생을 홀로 가지 않으려면 사람을 얻어야 합니다. 그런데 사람을 빨리 얻어 함께 오래 걸을 수 있는 가장 좋은 도구는 바로 배려입니다.

'함께'라는 말은 어느 민족, 어느 나라의 언어든 가장 듣기 좋은 말입니다.

'혼자'는 왠지 외롭고 쓸쓸해 보이지만 '함께'는 따듯하고 정겨워 보입니다. '혼자'와 '함께'에는 엄청난 차이가 있습니다. 말 한 마리는 2톤을 끌지만 두 마리가 함께라면 무려 23톤까지 끌 수 있다는 얘기를 듣고 참 신기하다는 생각을 했습니다.

세상은 '함께' 살아가야 한다고 말하면서도 대부분 '혼자' 살아가는 방식에 길들여져 있습니다. 운전하는 남성들 중에는 담배꽁초를 차창 밖으로 던져버리는 사람들이 꽤나 많습니다.

그들을 유심히 살펴보면 관상 좋은 사람이 별로 없습니다. 마음이 일그러져 있기 때문입니다. 사람은 먹고 생각하고 행동하는 대로 모습이 변할 수밖에 없습니다. 그런 모습을 관상이라고 말합니다. 관상이 좋으니 나쁘니 하는 것은 그 사람이 풍기는 분위기를 뜻합니다.

그뿐인가요. 지하철, 기차, 비행기에서 신문을 활짝 펼쳐 소리 나게 뒤적이고, 쓰레기를 바닥에 버리고, 큰소리로 장황하게 휴대전화 통화를 하고, 아이가 돌아다니며 소란스럽게 해도 단속하지 않고, 큰 소리로 아무렇지 않게 상소리를 하고, 심지어는 성추행까지 시도하는 사람들을 떠올려보세요. 관상이 나쁘다는 걸 대번에 알 수 있습니다.

그들은 '함께' 사는 게 얼마나 소중한지 모르고 심보가 어긋나 있기에 풍기는 분위기가 좋을 리 없습니다. 그런 사람은 점점 '혼자'가 될 수밖에 없습니다. 주변 사람들이 하나둘 떠나거나 곁에 있더라도 달가워하지 않게 됩니다. '함께' 하는 게 행복하다는 걸 체득하지 못한 탓입니다.

깨달음이란 나의 무지(無知)를 알고 세상의 무지를 아는 것이라고 했습니다. '혼자' 살아도 그만이라는 무지에서 벗어나려면 '함께' 살아가는 지혜를 얻어야 합니다. '함께' 살려면 양보, 배려, 협동심, 보살핌이 반드시 필요합니다.

경기도 가평군 현리의 한 마을에서는 분필로 쓴 여자 이름이 담벼락마다 도배되는 사건이 있었다고 합니다. 힘들여 지우면 어김없이 곧바로 되풀이되는 이 분필 낙서는 수십일 동안이나 주민들을 괴롭혔습니다.

신고를 받은 경찰은 화가 난 주민들과 합동으로 '낙서범' 검거를 위해 탐문수사에 이어 잠복수사까지 하기에 이르렀습니다.

몇 시간 만에 잡힌 범인은 어린 초등학생 남자아이였습니다. 마을 이장과 주민들이 자초지종을 따져 물었더니 한 시간쯤 지난 뒤에야 입을 연 아이는 서울에서 전학온 지 얼마 되지 않았고 분필 낙서의 여자이름은 엄마의 이름이라고 말했습니다.

"많은 사람들이 엄마의 이름을 같이 보고 불러주면 엄마 아픈 거, 힘내서 다 나을 것 같아서…… 잘못했어요."

아이가 낙서한 이유를 말하자 경찰관들의 눈시울이 붉어졌습니다. 경찰과 마을 사람들은 아이의 머리를 쓰다듬으며 "동네 어디서든 마음껏 낙서해도 된다"고 했습니다. 경찰과 이장은 문방구에서 분필 다섯 통을 사서 아이에게 쥐어주었습니다.

뒷얘기는 잘 모르지만, 아마도 그날부터 분필 낙서는 사라졌을 테고 그 아이는 평생 이 아름다운 이야기를 가슴에 담아두고 또 다른 사람들에게 베풀며 살아갈 것 같습니다.

담벼락마다 몰래 엄마 이름을 쓴 꼬마는 만화나 동화책에서 아픈 사람의 이름을 많은 사람이 불러주면 낫는다는 걸 읽었을지도 모릅니다. 남의 담벼락에 낙서를 한 뒤 겁을 먹고 달아나 숨어버렸던 아이는 마을 어른들과 경찰의 따스한 배려에 세상은 결코 '혼자'가 아니라 '함께' 살 만한 가치가 있다는 걸 알았을 것입니다.

아이의 엄마가 많이 아파서 물 맑고 공기 좋은 곳으로 잠시 휴양하러 이사 왔던 것이었을지도 모릅니다. 지금쯤 엄마의 병이 완쾌되어 그 아이의 얼굴에 웃음꽃이 활짝 피었으면 하는 바람입니다.

그리고 아이를 다사롭게 감싸준 경찰과 마을 사람들에게 고마운 마음을 전하고 싶습니다. 이것이야말로 함께 사는 이들의 아름다운 모습이겠지요.

자연을 대하는 태도 또한 마찬가지입니다. 환경파괴와 기후변화로 꿀벌이 사라지고 사과와 감의 가격이 두 배로 올랐습니다. 과수

원을 하는 농민들은 쓰지 않아도 될 인공수분비(人工授粉費)를 몇 백만 원씩이나 들이고도 생산량이 60퍼센트 줄었다며 "벌이 사라지니 돈도 날아갔다"고 한숨짓습니다. 하찮게 여겼던 벌이 사라지면 생태계 전체에 교란이 시작될 수도 있습니다.

우리는 서로 남의 잘못으로 환경이 파괴되었다고 생각을 합니다. 내가 쓰레기를 함부로 버린 탓에 지구가 몸살을 앓는 게 아닌지 자신을 살펴보는 다사로움이 곧 더불어 사는 지혜입니다. 가장 잘 사는 방법이란 세상의 모든 것과 '함께' 살아가는 것입니다.

타인의
희망이 되세요

어느 비오는 날, 와이퍼가 고장 난 승용차를 얻어 타고 집에 가게 되었습니다. '난타'를 기획해서 세상을 기쁘게 한 탤런트 송승환 씨의 승용차였습니다. 와이퍼가 고장 난 까닭에 쏟아지는 빗물을 미처 닦아 내리지 못해 앞이 잘 보이지 않았습니다. 길에 차를 세워둘 수가 없어서 일단 카센터까지라도 가야만 했습니다. 송승환 씨는 운전석 쪽 차창을 열고 오른손으로 운전대를 잡은 채 왼손으로는 걸레를 쥐고 연신 앞유리를 닦아냈습니다.

하찮아 보이는 와이퍼가 고장 났을 뿐인데 걸어가는 것보다 훨씬 힘들게 가게 되었습니다. 비가 오지 않았다면 승용차는 아무 탈 없이 잘 달렸을 것이고, 와이퍼의 소중함 따위는 생각하지도 않았을 겁니다. 누구라도 평소에는 와이퍼를 작동시키지 않습니다. 비가 올 때라야 작동시켜 빗물을 잘 닦아 내리면 으레 그런가보다 할 것입니다. 고장이 나야 비로소 진작 점검해 볼 걸 그랬다는 생각을 할 것입니다.

마음도 마찬가지입니다. 고장 나기 전에 점검해 보는 습관을 가지면 문제가 생겼을 때 쉽게 수습할 수 있을 것입니다.

이삿짐을 싸면서 알게 되었습니다. 참 쓸모없는 걸 많이도 가졌다는 것을. 가끔씩 장롱과 서랍과 구석진 곳을 살펴서 안 쓰는 것들을 골라내어 필요한 곳으로 보내야 합니다. 그것이 가볍게 사는 방법입니다.

이렇게 말하는 저도 별 수 없습니다. 옷장을 열 때마다 해묵은 옷과 넥타이가 눈에 뜨입니다. 유행이 지난 옷은 잘 입지 않게 되는데도 유행이 돌고 돌아 언젠가 입을 수 있을 거라는 기대 때문에 보관하고 있습니다. 진작 기증하거나 바자회 같은 데로 보내 필요한 사람에게 주었어야 하는데, 입던 걸 남 주기도 민망하여 걸어두다 보니 대책 없이 쌓이게 됩니다.

우리 인생도 마찬가지입니다. 버려야 할 건 애써 끌어안고 가져야 할 건 굳이 버리는 경우가 허다합니다. 꿈, 희망, 도전정신, 자존심은 끌어안아야 하고 근심, 걱정, 열등감은 버려야 합니다. 물건 같으면 이사 갈 때 버리거나 마음먹고 시간 내어 정리해 볼 수 있습니다. 그러나 눈에 보이지 않는 것들은 버리기도 쉽지 않고 챙기기도 어렵습니다.

그렇기에 지금의 내 모습을 찬찬히 살펴보아야 합니다. 내가 먹고 생각하고 행동하는 것이 모여 지금의 나를 만들었습니다. 지금 눈을 감고 내 몸을 떠올려보세요. 이마, 눈, 코, 입, 목, 가슴, 팔, 허리, 배, 생식기, 허벅지, 무릎, 발가락까지. 어찌 생겼는지 그려보세요. 부모가 만들어준 육신이지만 내가 갈고 다듬어야 좋은 몸이 됩니다.

다음엔 몸속을 떠올려보세요. 뇌, 폐, 위, 간, 쓸개, 창자를 따라가며 몸속을 여행해보세요. 그러면 내 육신은 온 세상을 다 주어도 바꿀 수 없이 소중하다는 걸 알게 됩니다.

그 다음에는 내 영혼을 한번 불러보세요. 머리나 가슴께에 있는 게 아니라 온몸 곳곳에 영혼이 존재하고 있다는 걸 느끼게 됩니다. 내 몸과 내 인생을 끌고 가는 영혼이 바로 나의 주체이고 길잡이며 스승이고 존재임을 알게 됩니다.

주머니에 넣어둔 휴대전화가 부르르 떨며 진동했는데, 막상 확인해 보면 수신된 게 없는 경우가 종종 있습니다. 어디선가 전화가 올 거라고 기대했기 때문에 나도 모르게 진동을 느끼는 걸 유령진동증후군이라고 합니다.

휴대전화도 이럴 정도인데 사람의 삶은 오죽하겠습니까. 원하는 게 있는데 그게 이루어지지 않으니까 집착하고, 그러다 보니 내가 흔들리게 됩니다. 내 몸이든 영혼이든 내가 흔들어야지 남한테 휘둘리거나 흔들려서는 안 됩니다.

한 번 더 생각해 보세요. 사랑, 행복, 기쁨, 용서, 희망이 몸에서 생기는 것인지 마음에서 생기는 것인지. 슬픔, 미움, 분노가 몸에서 생기는 것인지 마음에서 생기는 것인지. 이는 모두 몸이 아니라 마음에서 생긴다는 걸 깨닫게 됩니다.

지구의 중심은 내가 서 있는 바로 이곳입니다. 지구가 둥글기 때문에 내가 선 자리가 곧 세상의 중심입니다. 그렇다면 세상의 주인은 누구겠습니까? 바로 내가 세상의 주인입니다. 그래서 주인답게 살아야 합니다.

사람은 누구나 희로애락애오욕(喜怒哀樂愛惡欲)을 가지고 살아갑니다. 기쁘고 즐겁고 사랑하며 사는 게 주인답게 사는 것입니다. 노여워하고 슬퍼하며 미워하고 욕심 부리며 사는 것은 노예처럼 사는 것입니다.

밥을 먹다가 혀를 깨물 때가 종종 있습니다. 혀를 깨문 것은 분명 내 치아입니다. 그렇다고 자기 이를 주먹으로 치며 화내는 사람이 있을까요? 아닙니다. 쉽게 용서하고 조심하자고 생각하는 게 순리입니다.

강자는 용서하는 데 인색하지 않습니다. 인생의 주인이기 때문입니다. 내 몸과 마음에서 강자는 바로 나 자신입니다. 나의 주인은 나이고 내 영혼의 주인도 나이기 때문에 내가 나를 용서하고 이해하듯 남을 용서하고 세상을 이해해야 합니다.

지구도 하나밖에 없고 나도 세상에 오직 하나뿐입니다. 그래서 나를 지극히 아껴야 합니다. 살아 있음을 고마워하고 나와 함께 살아가는 모든 것들에게도 고마워해야 진짜 주인입니다. 그래서 묻겠습니다.

"그대는 남에게 희망이 되고 싶습니까?"

남에게 희망이 되려면 '내 미래를 분명하게 그릴 수 있어야 합니다.' 누구에게나 재능은 있습니다. 그러나 자신의 재능을 믿지 않는 사람에게는 재능뿐 아니라 희망도 없습니다.

우리의 몸은 무려 60조 개의 세포로 구성되어 있다고 합니다.

이 세포들은 오로지 내 명령에만 따릅니다. 그들을 영웅을 만들
것인지 도망치는 패잔병으로 만들 것인지를 결정하는 것도 오직
내 생각과 내 마음과 내 행동뿐입니다.

5장

오늘이
내 남은 인생의
첫날입니다

괴로움의 근원은 무엇일까요? 내가 없으면 괴로움 따위는 없습니다. 결국 괴로움의 근원은 내가 살아 있기 때문에 생기는 것입니다. 살아 있는 한 늘 괴로움과 동반자가 될 수밖에 없습니다. 그 괴로움의 실마리를 풀기 위해 종교, 철학, 예술, 심리학 따위가 발견했는지 모릅니다.

다시 태어난다면
되고 싶은 걸 그려보세요

　지금 내 소원이 무엇인가를 알려면 자신에게 '다시 태어나면 어떻게 태어나고 싶은가?'라고 물어보면 됩니다. 흔히 부잣집에서 잘생기고 건강하고 머리 좋고 성격 원만한 사람으로 태어나고 싶어합니다. 그러나 그중 한 개만 갖추어도 큰 행운입니다.

　사람들은 대체로 나는 뭔가 많이 부족하고 다른 사람들은 어지간히 갖추고 있다고 생각합니다. 남부럽지 않게 살고 싶은 욕구와 소원을 이루고 싶다면 어찌해야 하겠습니까? 소원을 빌기만 하면 이루어질까요? 아닙니다. 두려워하지 말고 도전해야 합니다. 시련과 아픔과 실패와 좌절이라는 고비를 넘어야 합니다.

그것은 높은 산을 오르는 것과 같습니다. 세계 최고봉에 오르려면 어쩔 수 없이 힘난한 고비를 넘어야 합니다. 마을 뒷산의 낮은 봉우리에 오르는 걸로 만족하겠다면 별로 힘겹지 않습니다.

군이 최고봉에 올라야 인생이 보람차고 행복해지는 건 아닙니다. 높은 곳에 올라가는 데 별로 재미도 없고 힘에 겨우면 오르지 않는 것만 못합니다. 오히려 야트막한 산이라도 즐겁고 신나게 오르면 그것처럼 좋은 게 없습니다.

제가 일하고 있는 모교인 건국대학교가 방학 동안 운영하는 '외국어 능력 향상 프로그램'의 급훈이 '내가 지금 잠을 자면 꿈을 꾸지만 공부하면 꿈을 이룬다'입니다. 100명 중에 96명이 지옥훈련을 견뎌냈는데 그중 한 학생은 4주 동안 새벽 3시 이전에는 잠든 적이 없다고 합니다.

쓰러져 병원에 가서 링거를 맞고도 바로 일어나 강의실로 곧장 달려갔답니다. 그렇게 강행군을 한 학생들은 거의 취업을 하고 더러는 외국 명문대학원에 합격하거나 우수한 성적으로 고시에 합격하기도 합니다.

급훈에서 말한 것이 그저 공부만 하라는 이야기는 아닙니다. 희망사항을 머릿속으로 상상만 하고 있으면 그냥 소망사항으로 남을 뿐이지만 용기를 갖고 도전하면 반드시 성취한다는 것입니다. 인생에서는 기다리는 사람의 몫은 없습니다. 그러나 일을 저지르는 사람의 몫은 분명 있습니다.

지금 행복하지 않다면 "다시 태어난다면 무엇이 되고 싶은가?"라고 자신에게 물어야 합니다. 얼마 전까지만 해도 인기 직종으로 의사, 법조인, 교수, 대기업 임원, 특수 전문직 등을 꼽았지만, 요즘 젊은이들은 연예인, 운동선수가 압도적으로 많고 의사나 법조인의 순위는 내려갔다고 합니다.

어쨌거나 요즘은 얼굴과 이름이 널리 알려지고 돈을 많이 벌 수 있는 직업을 더 좋아합니다. 문제는 내가 원하는 그런 사람이 되어야만 행복해지고 그것이 인생을 잘 사는 것이라고 착각하는 사람이 너무 많다는 데에 있습니다.

사람들은 누구나 자신이 되고 싶은 인간상을 가지고 있습니다. 그러나 그 성취 비율은 0.1퍼센트에도 못 미친다고 합니다. 나머지 99.9퍼센트는 자신이 원하는 그런 사람이 되지 못했다는 것입니다. 그렇다면 인간은 거의 행복하지 않아야 합니다. 그런데 놀랍게도 행복도 조사를 해보면 많은 재물을 모으고 높은 자리에 오르고 빛나는 명예를 얻은 사람들이 아닌, 보통사람들, 평범한 사람들의 행복도가 더 높다고 합니다.

행복도가 높은 사람들의 특징은 자기 삶과 자기 일을 사랑하고 주변 사람들과 잘 어울리며 매사 긍정적인 사람들이라고 합니다.

20대의 젊은 나이에 조서환 씨는 불의의 사고로 오른손을 잃고 장애인이 되었습니다. 온몸을 붕대로 감은 채 병실에 누워 왼손으로 글씨 연습을 하며 '한 손 가지고 먹고 살려면 말을 하는 직업을 선택하자'고 결심하여 영문과를 선택했습니다.

"할 수 없을 때도 할 수 있다고 자꾸 말해야 기회가 온다"고 주장하는 그는 우여곡절 끝에 애경그룹에 입사하여 각종 히트 상품을 기획하며 핵심인재로 인정 받았습니다. 그는 왼손만으로 골프를 하는데 거의 선수 수준이라고 할 만큼 실력이 대단합니다. 하지만 처음 배울 때에는 매일 3시간씩 3개월씩이나 연습을 한 끝에 겨우 공을 맞힐 수 있었습니다.

그는 퍼팅할 때 한 손으로 공을 굴리며 "반드시 홀에 들어갈 거야!"라고 마음속으로 외치면 거짓말처럼 공이 빨려 들어간다고 합니다. 훗날 KTF에 스카우트되어 이동통신 브랜드들을 성공시킬 수 있었던 것 또한 긍정의 힘과 자존심이었을 것 같습니다.

뇌는 말과 현실을 구분하지 못한다고 합니다. 그래서 "나는 오늘도 즐거울 거야"라고 자꾸 되뇌면 뇌가 그것을 현실로 인식하여 즐거움을 느끼게 됩니다. 자신이 원하는 걸 할 수 있다고 자꾸 말하면 뇌의 지령에 따라 자신감이 생기고 몰입하게 되어 원하는 게 이루어진다고 합니다.

자기 자신을 좋아하는 것이야말로 가장 근사한 긍정이고 그런 사람만이 근사하게 살 수 있습니다.

지금 내 마음속의 괴로움의 원인을 알고 싶다면 자신에게 "다시 태어나면 어떻게 살고 싶은가?"라고 물어야 합니다. 근심 걱정 없이 원하는 대로 이루어지고, 돈도 잘 벌어 많은 사람들에게 베풀고, 따르는 사람이 많아 늘 남의 부러움을 사면서 재미있게 살기를 바랄 것입니다. 그러나 그런 사람은 없습니다.

괴로움의 근원은 무엇일까요? 내가 없으면 괴로움 따위는 없습니다. 결국 괴로움의 근원은 내가 살아 있기 때문에 생기는 것입니다. 살아 있는 한 늘 괴로움과 동반자가 될 수밖에 없습니다. 그 괴로움의 실마리를 풀기 위해 종교, 철학, 예술, 심리학 따위가 발전했는지 모릅니다.

지금 나의 가치가 어느 정도인지 생각해 보세요. 돈으로 환산해 보라고 하면 대체로 헐값을 매기는 경우가 흔합니다.

1976년 미국 예일대의 해럴드 모르워츠 교수는 인간을 과학적으로 분석하여 그 가격을 1그램당 평균 245달러로 산정해, 몸에서 물의 무게를 뺀 뒤 체중 76킬로그램인 남자의 가격을 600만 달러 정도로 발표한 적이 있습니다.

그러나 훗날 자신의 분석이 부질없었다며 인간의 가치는 돈으로 환산할 수 없는 존귀한 존재라고 반성했습니다. 지구 전체를 다 투입해도 사람 하나 만들어낼 수 없습니다. 천하 없는 재주를 가진 사람이라도 사람은 만들어낼 수 없습니다.

그만큼 존귀한 사람이 몇 푼의 돈, 자잘한 명예, 초라한 권력에 매달려 질질 끌려간다면 스스로 헐값이 되는 것이고 자신을 쓰레기 취급을 한 셈입니다.

한 시대를 휩쓸었던 배우 신성일 선생은 매일 아침 풍산개를 데리고 두세 시간씩 산을 타며 운동을 한다고 합니다. 집에 돌아오면 그토록 건강한 개는 지쳐 쓰러져 움직이지 않으려 하는데 선생은 활력이 넘친다고 합니다. 사람은 목적이 뚜렷하니까 고되게 운동을 해도 즐겁지만 목적 없이 주인을 따라다닌 개는 지쳐버린 것입니다.

왜 그리 열심히 운동을 하느냐고 물으니 74세의 선생은 딱 세 마디로 대답했습니다.

첫째, 맛있는 걸 먹기 위해. 둘째, 맵시 나는 옷을 멋있게 입기 위해. 셋째, 인생을 즐기며 재미있게 살기 위해.

산에 오르는 것은 도전이고 땀을 흘리는 것은 열정이고 몸이 건강해지는 것은 행복입니다.

사람들은 늘 소원을 이루고 싶어 기도합니다. 어려서는 소원이 소박하지만 나이 들면서는 소원이 매우 복잡해지고 수시로 변합니다. 그러다가 늙으면 의외로 간결해집니다. 고통 없이 죽기를, 좋은 사람으로 기억되기를, 가족뿐 아니라 주위 사람들이 나의 죽음을 애석해하기를 바랍니다.

그러나 그렇게 생을 마감하려면 젊은 시절부터 나는 죽은 뒤에 어떤 사람으로 기억되고 싶은가를 스스로에게 물어야 합니다.

지금 내 오른손의 손가락이 없다고 생각해보세요. 손가락을 만들 수 있을까요? 지금의 과학기술로 혹시 만들 수 있다면 얼마나 많은 돈을 지불해야 할까요? 손가락 하나도 감히 가격을 매길 수 없을 만큼 귀중합니다.

그렇다면 내 괴로움도 엄청나게 존귀한 것입니다. 내 존재의 일부이자 동반자이고 어디든 늘 따라다니는 나의 그림자입니다. 그러니 억지로 떼어버리려고 하지 마세요. 그림자는 햇살이 비치거나 불빛이 비칠 때에만 생깁니다.

그림자를 만들기 싫으면 어두운 곳에 있거나 빛을 보지 않으면 됩니다. 그런데 어둠은 슬픔이지 기쁨일 수 없습니다. 세상의 빛이 된 사람들은 괴로움, 근심, 걱정, 시련, 열등감을 지렛대 삼아 인류에게 이바지했습니다.

예를 들면 붓다는 상상하기조차 어려운 극도의 시련과 고통을 겪은 이후에 득도하여 추앙을 받았고, 예수는 참혹한 시련과 십자가에 못 박히는 고통을 통해 인류의 우러름을 받게 되었습니다.

사마천은 생식기를 절단 당하는 궁형(宮刑)의 시련을 딛고 중국 최고의 역사서인 『사기(史記)』를 남겼으며, 공자는 갖가지 고난을 겪은 후에 『춘추』를 지어 그의 높은 정신세계를 널리 전파했습니다.

손자는 다리를 잘린 뒤에 가장 뛰어나다고 평가받는 『병법』을 저술했고, 이순신 장군은 모함을 받고 모든 것을 잃은 뒤에 겨우 남은 한줌의 전력을 모아 왜구를 물리쳤습니다. 다산 정약용은 유배를 당하고 혹독한 외로움을 겪으며 『목민심서』 같은 걸작을 남겼습니다.

마더 테레사 수녀는 곤궁한 사람들을 위해 평생을 바치고 봉사와 청빈생활을 통해 현대의 성녀로 존경받게 되었습니다.

일일이 다 예를 들 수 없을 만큼 많습니다. 이렇듯 인류에게 감동

을 준 사람들은 부끄러움, 모멸, 실패, 좌절, 시련을 딛고 일어서서
역사의 큰 줄기를 이루었습니다.

매일의 성장이
큰 그림이 됩니다

늙어서 경제적으로 궁핍해지거나 건강을 망치게 되면 재앙입니다. 궁핍하지 않으려면 젊은 시절 돈을 악착같이 모으기보다 사람을 얻어야 합니다. 일할 때는 능동적으로 앞서고 열정적으로 사랑하고 작은 일에도 감사하며 즐겁게 살아야 합니다. 노후 준비는 늙어서 하는 게 아니라 젊어서부터 해야 합니다.

박상철 서울대 노화고령사회연구소장은 남자가 요리를 해야 노년의 삶의 질이 유지된다고 말합니다. 우리나라에서는 부부가 함께 장수하는 걸 가장 큰 복으로 여깁니다. 그런데 남자가 여자보다 6~7년씩 일찍 죽는 이유는 70세가 넘으면 남자들은 꼼짝을 안 하기 때문이라고 합니다. 죽치고 앉아서 마누라 밥이나 며느리 밥만 얻어먹으니 70세 이후 사망률이 급격히 높아진다는 것입니다.

공원과 노인복지관을 두루 다녀본 박 소장은 충격을 받았습니다.

"할아버지 수백 명이 꼼짝 않고 쪼그리고 앉아 있다가 밥 때가 되니 줄을 서요. 취직시켜 줄 능력은 없어도 움직이게는 해줘야겠다 싶어서 장수체조를 만들었어요. 만들어놓고 보니 남자들은 별로 안 하고 여자들만 하더라니까."

가장 마음 아팠던 건 남자들이 빈 그릇 들고 줄 서 있는 모습이었다고 합니다. 공짜밥 주는 데 가면 여자는 고작 한둘이고 나머지는 모두 남자였다고 합니다. 왜 남자만 밥 얻어먹는 거지가 되어야 하나 싶어 식단을 만들어 배포하고 직접 만들어 먹으라고 요리 만드는 법까지 알려주었으나 그것도 소용이 없었다고 합니다.

며느리는 직장 나가고 아내는 외출하고 혼자 남아 있으면 할 일이 별로 없습니다. 그래도 짜증내지 않고 스스로 좋아하는 걸 만들어 먹을 수 있어야 합니다. 배고픈 손자에게 건강에 좋은 간식을 만들어줄 수 있다면 더욱 좋습니다. 젊어서부터 요리하며 가족들과 어울린 사람만이 노년에도 즐겁고 건강하게 살 수 있습니다.

1980년대 후반쯤입니다. 제가 아는 칠십대 노인이 운전면허시험에 도전했습니다. 그 시절 칠십대 노인이 운전면허시험에 응시하는 경우는 매우 드물었습니다. 필기시험과 주행시험을 열대여섯 번쯤 보게 되었는데 동작이 둔해서 가망이 없어 보였던지 담당 경찰관이 이렇게 물어보았습니다.

"연세 지긋하신데 뭐 하러 면허시험은 자꾸 보십니까?"

노인이 기다렸다는 듯 대답했습니다.

"나는 학교라고는 문턱에도 못 가봤어. 그러니 평생 시험을 보거나 합격이라는 걸 해본 적이 없지. 언제 죽을지 모르는데 내 인생에 처음이자 마지막으로 합격했다는 소릴 들어보고 싶어."

경찰관은 그래도 미심쩍어 또 물어보았습니다.

"그 연세에 운전을 하고 싶으세요?"

"이 나이에 운전은 무슨 운전, 운전면허증 벽에 붙여놓고 자랑해야지."

"정말 운전 안 하실 겁니까?"

"내가 운전한다면 마누라와 자식들이 가만히 있겠어? 난리가 날 거야."

그렇게 몇 번이나 다짐을 받은 뒤에 드디어 합격판정을 내렸습니다. 시험장에 있던 사람들이 경찰관의 설명에 모두 박수를 치며 축하해주었습니다.

며칠 뒤 그는 효심 깊은 막내아들을 불러 면허증 받은 사연을 말하고 중고차를 한 대 사달라고 했습니다. 아버지의 간절한 청에 막내아들은 차를 사드렸습니다.

노인은 묵은 달력 한 장을 뜯어내 뒷장에다 글귀를 적어 극구 말리는 아내와 막내를 뿌리치고 자동차 뒤에 붙이고는 조심조심 운전을 시작했습니다. 붓글씨로 정성스럽게 쓴 그 글귀는 대충 이런 뜻이었습니다.

'친애하는 국민 여러분, 금년 일흔 살인 이 늙은이는 평생 배운 게 없어 십여 차례나 운전면허시험에 떨어졌다가 하늘이 도와 겨우 합격해서 면허증을 받은 사람이올시다. 눈도 어둡고 귀도 어두운 데다가 다리 힘마저 없어 자동차를 몰고 다니기 무지하게 힘듭니다.

하지만 인생 한 번 살지 두 번 사는 것도 아니고 그까짓 거 이만큼 살았으면 됐지 싶어 막무가내로 차를 끌고 나왔소이다. 경찰관에게는 이 나이에 무슨 놈의 운전을 하겠냐고 억지를 써서 면허증을 받았소만 이거 묵혀서 어디 쓰겠소. 애비 같은 늙은이가 오죽하면 자식 같은 사람에게 떼를 쓰겠소. 이해하소. 면허증 받은 지 얼마 안 됐고 길눈도 어두운 데다가 평생 처음 마련한 자동차 겨우 끌고 다니니, 사람들아, 슬슬 피해다니고 비켜주고 빵빵대지 말고 내버려두소. 가내 두루두루 편안하기 바라오. 이만 총총. 서울 사는 늙은이 백.'

노인의 차가 설 때마다 운전자들이 읽고 웃으며 몹시 재미있어 했으리라 짐작됩니다. 아내와 자녀들이 뜯어내면 또 써 붙이고, 새로 쓸 때마다 사연은 더욱 길어지고, 노인의 운전솜씨는 나날이 좋아졌다고 훗날 들었습니다.

그냥 웃어넘길 일은 아닙니다. 평생을 힘겹게 살아온, 뼈 빠지게 일해서 자식들 뒷바라지하느라 허리가 휘어버린 노인은 아내와 오순도순 여행 한 번 못 해보고 이제 살 만하니까 여기저기 아픈 데가 많아졌습니다. 후회한다고 인생을 뒤집을 수도 없으니 이제라도 남은 인생을 즐겁게 살다 가겠다는 그의 열정이 흐뭇합니다.

젊은 시절부터 노년을 지혜롭게 준비해야 합니다. 늙어서 가장 무서운 것은 지루하고 심심한 것입니다. 인생을 지루하고 심심하지 않게 살 생각이라면 젊어서부터 준비해야 합니다.

한국의 기성세대는 노년에 대한 구체적 대안 없이 일에 매달려 돈 버느라 경황이 없었습니다. 그래서 지나온 삶을 후회하는 사람들이 많습니다. 그 시절에는 그럴 수밖에 없을 만큼 궁핍했습니다.

인생은 즐겁게 놀다가는 것인데 돈 벌기 위해 일만 했습니다. 나이 들어 뒤돌아보니 돈은 좀 모아놓았고 자녀들도 그럭저럭 다 가르쳐놓기는 했습니다. 그러나 인생의 즐거움, 사람답게 사는 재미를 놓쳤다고 후회하게 됩니다.

10만 원 줄 테니 설악산 대청봉에 깃대를 꽂고 오라고 일을 시키면 누구나 '사람을 뭘로 보느냐'며 화를 낼 것입니다. 그러나 오히려 회비 내고 자기 돈 들여가며 그 높은 대청봉까지 즐겁게 다녀오는 사람들은 많습니다. 인생을 즐기면서 재미있게 살려면 자신에게 투자해야 합니다. 열심히 일하고 열심히 돈 버는 것은 잘 놀고 재미있게 살기 위한 수단이어야 합니다.

평균수명이 늘어나면서 인생도 길어졌습니다. 그래서 젊어서부터 노년을 미리 준비해야 합니다.

사람으로 태어나 기운 좋게 살 수 있는 기간은 고작해야 30년밖에 안 됩니다. 평균수명은 날이 갈수록 길어지고 있습니다. 머지않아 90세를 가볍게 넘어설지도 모릅니다.

그러나 기운 좋고 활력에 찬 삶을 구가할 수 있는 건 젊은 시절뿐입니다. 그래서 지금의 내 젊음은 40~50년 뒤의 내 나이 든 모습을 예측하는 모듈(module) 같은 것입니다. 젊음을 낭비하지 말고 지혜롭게 사용하면 여러분은 훗날 참으로 근사한 사람으로 기억될 것입니다.

미래의 나를
상상해 보세요

어려서는 신장염으로 고생하고 의대에 입학한 뒤에
는 결핵으로 몇 년간 요양을 했던 일본의 의사 히노하라 시게아키
박사는 올해 100세가 되었습니다. 매일 오전 8시에 출근해 회의를
하고 회진을 합니다. 새벽 2시까지 원고를 씁니다. 국내외 강연을
할 때는 2시간 가까이 강단에서 열정을 불사른다고 합니다.

그 나이에도 건강하게 사는 비법을 묻는 기자에게 히노하라 박
사는 "적절한 수준의 스트레스는 종종 필요하다. 마감에 쫓겨 새
벽까지 원고 쓸 때가 많은데, 피곤하기보다는 성취감에 몸과 기분
이 상쾌해진다"며 공항에서도 움직이는 벨트 위로 걷지 않고 빨리

걸으면서 벨트 위의 사람들을 추월하면 성취감에 흥분된다고도 합니다.

히노하라 박사는 많은 환자를 관찰했더니 건강하려면 신체보다 마음이 훨씬 중요하다는 결론을 얻었다고 합니다. 예를 들어 노인이 되었더라도 '올드(old·늙었다)'라는 부정적 의미보다 존경의 의미가 있는 '엘더(elder·어른이다)'라고 생각하는 것이 건강에 훨씬 좋다고 합니다. 마찬가지로 중병에 걸린 사람들이 악화되는 건 온종일 그 병에 대한 것만 생각하고 공포에 젖어 있기 때문이며, 그런 경우 치료하기 어렵다고 합니다.

실례로 60대 암환자가 죽음의 공포에 빠져들어 급격히 건강이 악화되기에 그림을 그리라고 했더니 몸도 좋아졌고 10년 후에는 화가가 되었다고 했습니다. 히노하라 박사가 이런 철학으로 많은 사람에게 희망을 주는 것은 아무래도 죽음의 공포에서 살아나온 그의 경험 때문인 듯합니다. 그가 59세 되던 해 일본의 적군파가 여객기를 북한으로 납치했을 때 그는 그 비행기에 탑승했다가 4일 만에 한국의 김포공항으로 무사히 돌아왔습니다.

오직 살아 돌아오고 싶었던 그 끔찍한 경험, 죽었다가 살아온 감격에 새로운 삶을 살겠다는 마음을 지금까지 버리지 않았다고 합니다.

히노하라 박사는 나이를 먹을수록 정열, 꿈, 호기심을 잃지 않는 게 중요하다고 했습니다. 어려서 건강하지 못해 고통을 겪었기에 건강하게 살려고 노력했고, 북한으로 납치되었다가 살아 돌아왔기에 위기 속에서 생각을 바꾸는 지혜를 얻어 100세의 나이에도 왕성하게 활동하는 근사한 삶을 누리게 된 것입니다.

몇 번이나 크게 넘어졌기에 크게 일어설 수 있었던 것입니다. 정열은 내 존재를 세상에 알리는 것이고, 꿈은 내가 걸어가야 할 길을 찾는 것이며, 호기심은 세상을 두루 돌아보고 내가 해야 할 역할을 찾는 것입니다.

오래전에 과학서적을 읽다가 '몸속의 세포는 그 사람이 생각한 대로 변한다'는 한마디에 공감한 적이 있습니다.

돌이켜보면, 제가 생각한 대로 살아왔음에도 매사에 세상 탓을 하고 모든 게 남들 때문에 자신이 힘들어진 거라고 핑계대기에 바빴습니다. 그토록 소중한 내 몸에도 고마워하기는커녕 함부로 대하고 나쁘다는 걸 자꾸 넣었고 힘들다는데도 편히 쉬게 해주지 못했음을 뼈저리게 느꼈습니다.

그래서 현인들이 생각을 바꾸면 사람도 바뀌고 세상도 바뀐다고 일러줬던 것 같습니다. 그런데 그런 생각이 오래가지 않았습니다. 건망증 때문에 그런 게 아니라 미련한 탓이었습니다.

현대인들이 신경정신질환을 많이 앓는 것은 스스로 마음의 울타리를 높게 치고 가둬버리기 때문이라고 합니다. 동물원에 갇혀 사는 동물들도 신경정신질환을 앓기에 사람에게 처방하는 약과 비슷한 약을 처방한다고 합니다. 들판에서 마음껏 뛰어놀다가 갇혀버린 그들은 치열한 생존경쟁 대신 사람이 챙겨주는 먹이를 먹고 살아갑니다. 언뜻 그것이 더 편할 것 같지만 그것 때문에 오히려 병이 생긴다고 합니다.

그들을 추적 장치를 부착한 채 들판에 풀어준 뒤 관찰해 보면 놀랍게도 금방 치유가 된다는 것입니다. 짐승을 치료할 때는 몸을 풀어주어 산과 들로 보내주면 되지만 사람은 몸보다 마음을 먼저 풀어주어야 치료가 됩니다.

숨거나
피해서는 안 됩니다

사람들이 행복하지 않은 가장 큰 이유는 열등감 때문입니다. 열등감은 스스로 못나고 부족하며 모자라다고 자기를 비하하는 생각입니다. 열등감을 만들어내는 공장은 비교하는 습성입니다. 사람들은 건강하고 부유하고 남들이 부러워하는 삶을 살고 싶어합니다.

그런데 사방을 둘러보니 남들은 부러울 만큼 잘 살고 미래에 대한 걱정도 없어 보입니다. 그래서 늘 비교하게 됩니다. 비교한다고 행복해지는 것도 아닌데 매사를 비교하며 살게 됩니다.

이렇게 말하는 저도 사실 별 수 없습니다. 제가 올려다볼 사람이 참으로 많습니다. 부러운 사람은 더욱 많습니다. 그들 못지않게 좀 더 누리고 좀 더 잘나고 좀 더 즐겁게 살고 싶은 마음이 굴뚝같습니다.

'엄친아'라는 말이 있습니다. '엄마 친구의 아들'의 줄임말로, 엄마 친구의 아들은 공부를 잘하거나 부모를 기쁘게 하거나 뭐든 잘났다는 얘기인데, 꼭 나와 비교해서 말하기 때문에 주눅이 들고 속상하게 된다는 뜻입니다.

어렸을 적 제 어머니도 별반 다르지 않았습니다. 말 안 듣고 속 썩이면 친구 아무개를 봐라, 말 잘 듣고 공부 열심히 하고 싹수가 있지 않느냐고 지청구를 했습니다. 그런데 한 동네에서 늘 같이 뒤엉켜 노는 그 녀석은 우리 어머니가 말하는 그런 녀석이 정녕 아니었습니다.

그런데도 우리 어머니가 그렇게 비교하는 것은 저를 부추겨 좀 더 나은 사람을 만들고 싶었기 때문이었을 것입니다. 제가 자식을 키워보니 알게 되었습니다. 어느새 우리 어머니와 똑같은 말을 하게 된 것입니다. 경쟁사회에서는 비교하며 살지 않을 수 없습니다. 그러나 나보다 많이 가졌거나 나아 보여 자극을 받는 것은 괜찮지만 비교를 당해서 마음이 불편해지는 것은 주눅 들었다는 것입니다.

그렇다고 나보다 형편이 나빠 보이는 사람과 비교해서 위안을 삼고 더 이상 노력 없이 안주하는 것도 결코 좋은 방법이 아닙니다. 세상에 거저 얻는 게 하나도 없습니다. 무엇인가를 얻거나 성취하려면 반드시 그만한 대가를 치러야만 합니다.

동창모임에 나가면 간혹 술에 취한 친구가 저한테 이렇게 말하는 경우가 있습니다.

"학교 다닐 때 너보다 내가 훨씬 공부를 잘했다."

맞는 말이긴 합니다. 그러나 가만히 생각해보면 취중에 한 말이지만 열등감을 갖고 있다는 걸 짐작할 수 있습니다. 학창시절의 성적순으로 따지면 그 친구가 저보다 훨씬 잘되었어야 하는데 세속적으로 그렇지 못하다는 생각에 마음이 불편해진 것입니다.

아무개는 나하고 이 정도 가깝고 누구는 나하고 저래서 친하며 모 씨와는 어려서부터 인연이 깊다며, 출세한 사람들과 자신이 매우 친하다고 자랑하기를 즐기는 사람들이 있습니다. 성공한 사람들을 자신의 든든한 배경인 듯 자랑하는 사람은 세속적으로 성공하지 못했다는 걸 스스로 인정하는 것입니다. 그것 또한 비교이며 그것이 곧 열등감을 만드는 것입니다.

그렇다면 열등감이 반드시 불행을 자초하거나 성공에 장애가 되는 것일까요? 아닙니다. 열등감을 극복하면 행복해지고 욕구를 성취하는 가장 좋은 도구가 됩니다. 열등감에 무릎을 꿇으면 주눅 들지만 박차고 일어서면 기가 펄펄 살아나 인생을 멋지게 펼쳐나갈 수 있습니다.

사회인류학자 비키 쿤켈(Vicki Kunkel)은 그의 저서『본능의 경제학』에서 본능 속에 숨겨진 인간의 행동양식을 재미있게 밝혔습니다. 인간은 고대부터 맹수와 더불어 살았는데, 이 때문에 맹수를 보면 도망가거나 공격하려는 심리가 본능이 되었다고 합니다.

찻집에 가면 대체로 창가에 앉으려고 하는 것은 실은 생존본능과 관계가 있다고 합니다. 먼저 열매나 곡식을 찾아내고 짐승을 발견해야 생존할 수 있다는 본능이 창가에 자리를 잡으려는 행동으로 나타난다는 것이지요. 그럴 듯합니다. 창가에 자리가 없으면 화분이 놓여 있는 자리거나 가리개로 막아놓은 곳에 앉는데, 맹수를 보면 도망치거나 숨으려고 하는 도피본능 때문이라고 합니다.

나보다 힘이 세거나 잘났거나 많이 가진 사람을 경계하거나 그런 사람들에게 주눅이 드는 것은 일종의 도피본능으로 열등감의 근원이라고 할 수 있습니다. 호랑이나 사자 같은 맹수를 홀로 상대할 수 없다는 걸 알기 때문에 사람들은 함정을 파거나 그물을 치거나 덫을 놓거나 무기를 만들거나 여럿이 협심하여 맹수를 잡습니다.

그런 공격본능은 곧 자존심입니다. 힘으로는 맹수를 이길 수 없지만 두뇌로는 이길 수 있다는, 그리고 실행에 옮기는 용기가 바로 자존심입니다.

인생도 마찬가지라고 생각합니다. 맹수에게 주눅 들어 도망 다니거나 피하기만 하면 얻는 게 적고 그래서 스스로 열등하다고 느끼며 강자에게 비굴해지는 것입니다. 열등감에 무릎을 꿇으면 행복해질 수 없습니다.

그러나 맹수로부터 나와 가족을 지키기 위해 자존심을 갖고 당당히 맞서 가정을 지켜냈기에 오늘날의 인류가 존재하는 것입니다.

이 땅의 청춘들에게
전하는 여덟 가지 당부

갈수록 세상살이가 삭막하고 힘들다고들 합니다. 저도 살아오면서 많은 갈등을 겪었고, 고난이라 할 말한 일들에 수차례 휘말리기도 했습니다. 그러면서도 청춘이기에 버틸 수 있었고 앞으로 나아가야 한다고 스스로를 다그칠 수 있었던 것 같습니다.

마음을 다잡아도 어려움이 있을 수밖에 없는 게 세상입니다. 이 글을 통해 우리 젊은이들에게 소박하나마 당부하고자 합니다.

첫째, 사람과 맺은 인연을 소중하게 가꿔야 합니다.

사랑도 갈등도 모두 인연 따라 생기는 것이니 만큼 그 인연을 맺은 사람만큼 소중한 게 달리 없습니다. 그래서 좋은 사람과는 죽을 때까지 인연을 유지하세요. 내 마음을 다 주면 그는 몽땅 내 사람입니다.

둘째, 경제적으로 궁핍하지 않도록 차분히 쌓으세요.

정정당당하게 벌어서 알차고 재미있게 써야 합니다. 그러나 내 돈이라고 해서 다 내 것이 아닙니다. 살아 있는 동안 내 손으로 쓴 것만 내 돈이고 내가 걸친 것만 내 옷이고 내가 먹은 것만 내 음식입니다. 내가 즐거워한 만큼만 내 행복입니다. 잘 벌고 싶다면 잘 쓸 생각부터 해야 합니다.

셋째, 가능하면 개성에 맞는 일을 찾아서 즐겁게 일하세요.

성적순으로 대학과 학과를 선택하는 경우가 많습니다. 취업을 해도 재미가 없어서 성취감을 느끼지 못하고 힘겨워합니다. 인생 한 번밖에 못 사는데 하기 싫은 일을 억지로 하며 삽니다. 그러지 말고 하고 싶은 일을 재미있게 해야 합니다.

넷째, 취미생활을 게을리 말고 여행을 통해 세상을 널리 볼 줄 알아야 합니다.

취미는 내 육신과 영혼을 즐겁게 하는 근사한 도구입니다. 적어도 두 가지 이상의 취미를 갖는 게 좋습니다. 그중 하나는 신체 운동이 될 만한 것을 택하는 게 좋습니다. 그러면 나이 들어서 크게 이롭습니다. 여행은 인간을 배우고 세상을 배우는 멋진 교실입니다. 우리나라가 얼마나 아름답고 소중한가부터 알아야 하고 더불어 사는 우리나라 사람들이 얼마나 존귀하고 고마운가를 알아야 합니다. 그걸 알면 알수록 스스로가 점점 멋있게 변합니다.

다섯째, 꾸준히 운동하고 가볍게 먹어야 합니다.

젊어서부터 건강관리를 잘한 사람은 나이 들어서도 고질병 따위로 병원 순례를 하지 않습니다. 그만큼 삶의 질이 높아집니다. 오래 사는 것도 중요하지만 더욱 관심을 가져야 할 것이 삶의 질입니다. 몸은 한순간에 나빠질 수 있지만 한번 나빠진 몸은 한순간에 좋아지지 않습니다. 내 몸을 아름답게 가꾸고 내 영혼을 풍성하게 가꾸려면 먼저 건강해야 합니다.

여섯째, 날마다 웃으며 재미있게 살 궁리를 해야 합니다.

사람이 기운 좋게 살 수 있는 기간은 불과 30년 밖에 안 되기에 날마다 재미있게 살 궁리를 하고 늘 웃을 수 있는 마음가짐을 유지하는 것이 중요합니다. 힘겨울 때는 살아 있다는 것만으로도 이미 실패가 아니라는 긍정의 힘을 믿어야 합니다. 행복할 때는 그 행복을 오래 오래 즐길 수 있으리라는 긍정의 힘을 믿어야 합니다.

일곱째, 지식인에 머물지 말고 지혜로운 사람으로 껑충 뛰
어올라야 합니다.

안다는 것은 끝도 한도 없습니다. 세상사 모두를 알 길도 없습니
다. 그러나 지혜로운 사람은 쌓은 지식을 통해 세상을 품고 천하를
살피고 사람과 사물을 지극히 사랑하게 됩니다. 지혜는 학력이나
인물이나 돈이나 명예나 권력과 아무런 상관이 없습니다. 갈고 닦
아 스스로 보배가 되는 사람이 지혜로운 사람입니다.

여덟째, 물처럼 유유하고 바람처럼 걸림 없이 살아야 합니다.

물은 아래로 아래로 모든 걸 안고 적시며 흐릅니다. 사람도 물처
럼 모든 걸 사랑하고 보듬으며 살아가는 게 진정 사람다운 삶입니
다. 생각과 마음은 바람처럼 걸림 없이 스치고 휘감으며 자유자재
로 흘러가야 합니다.

이렇게 주장하지만 저 역시 여덟 가지를 제대로 실천하지 못했습
니다. 한 번 더 살 수 있다면 꼭 실천하고 싶은 것들이기에 제 인생
이 너무 아쉬워서 권하는 것입니다.

희망은
공짜입니다

속상한 일이 생겨 새벽까지 잠들지 못하고 괴로워했습니다. 애써 잊어보려고 술을 마셨고 잠들기 위해 수면제도 먹었지만 소용없었습니다. 그러나 내 속을 뒤흔든 사람은 지금쯤 쿨쿨 자고 있으리라 생각하는 순간 나만 손해 보았다는 생각이 들었습니다.

속상해서 마신 술은 간을 괴롭힐 것이고, 잠들기 위해 삼킨 수면제도 내 몸 어딘가를 갉아먹을 것이며 밤새 미워하고 원망한 내 영혼은 상처투성이가 되었을 것입니다.

아, 밤새 내 영혼에 쓰레기를 퍼담았으니 내게서 악취가 진동할 테고 암세포만 살판이 났을 것 같았습니다. 문득 스승의 말씀이 내 가슴을 흔들었습니다.

"꽃다발을 주었을 때 받으면 누구의 것인가?"

"제 것입니다."

"받지 않으면 누구의 것인가?"

스승은 슬며시 웃더니 다시 물었습니다.

"쓰레기 한 봉지를 주었을 때 받으면 누구의 것인가?"

나는 잠시 망설였습니다. 꽃다발은 얼른 받고 싶은데 쓰레기는 받고 싶지 않았습니다.

"쓰레기도 받으면 제 것이 됩니다."

"그렇다면 쓰레기를 받지 않으면 누구의 것인가?"

나는 대뜸 명쾌하게 대답할 수 있었습니다.

"쓰레기를 준 사람의 것입니다."

일 년 동안 꽃다발을 몇 번쯤 받는지 한번 세어보세요. 생각보다 그리 많지 않을 겁니다. 그러나 분노, 미움, 질투, 좌절, 근심은 얼마나 많이 받았을까요? 그것들을 쓰레기라고 생각해 보셨나요? 결코 득이 될 게 없는 것들이니 분명 마음의 쓰레기입니다. 꽃다발은 받으면 화병에 꽂아두게 됩니다. 쓰레기는 어떻게 하면 좋겠습니까? 정답은 딱 한 가지, 쓰레기통에 버리면 그만입니다.

육신의 쓰레기는 그리도 잘 버리면서 왜 생각의 쓰레기, 마음의 쓰레기는 가슴에 쌓아두어야 합니까. 그게 쓰레기인 걸 알면 누구라도 버리게 됩니다. 쓰레기를 찾아내는 방법은 의외로 쉽습니다. 세상에 하나뿐인 내가 딱 한 번밖에 살 수 없으니 참 근사하게 재미있게 살아야 하는 게 인생의 정답이라고 생각해 보세요.

쓰레기를 끌어안은 채 밤새 내가 나를 두들겨 팬다면 그만큼 시간을 허비한 셈입니다. 인생은 자신이 출제한 문제의 해답을 스스로 찾는 것인데 왜 자꾸만 어렵게 출제하고 해답을 못 찾아 헤매는지 모르겠습니다.

근심 걱정은 대체로 자신이 만든 것입니다. 그런데 남의 탓이라고 여기고 있습니다. 내 살에 내가 박은 가시를 왜 빼내지 않고 잔뜩 찡그리고 있는지 모르겠습니다. 내가 나를 밤새 미워하고 못살게 굴었으니 먼저 용서를 빌어야 할 사람은 나 자신입니다.

마음에 희망을 갖는 것은 공짜입니다. 그런데 참 기이한 것은 근심과 걱정과 열등감도 공짜라는 사실입니다.

한번은 부산에 강연을 가기 위해 비행기를 탔습니다. 그런데 비행기가 김해공항에서 착륙하려다가 갑자기 급상승했습니다. 굉음과 함께 돌연 기체가 뒤로 넘어갈 듯 기울어졌습니다. 잠시 후 기장은 착륙 도중에 돌풍이 불어 관제탑의 지시로 급상승했고 30여분 정도 공항 주변을 배회할 테니 양해해 달라고 했습니다. 좌우로 흔들리는 비행기는 바다 위를 맴돌았고 공항은 점점 멀어졌습니다.

　'비행기 타고 다닐 거리의 강연 요청은 거절할걸, 이대로 추락하면 어쩌나, 가족은 어쩌고 친지들은 뭐랄 거며 쓰다 만 글은 어쩔 것인가, 바다에 추락하면 구명조끼를 입어야 하는데 어디 있더라, 비행기만큼 빠른 고속철은 왜 못 만드냐, 이렇게 죽으면 개죽음인데…….'

　별의별 생각을 하며 기나긴 30여 분을 보냈습니다. 돌풍이 멈추자 비행기는 사뿐히 착륙했습니다. 세상모르고 코를 골던 몇몇 승객들은 눈을 비비고 일어나 아무 일 없었다는 듯 걸어 나갔습니다. 그들을 보며 많은 생각을 했습니다. 나를 몹시 괴롭힌 비행기였지만 잠들었던 사람에게는 서울에서 부산까지 빨리 데려다준 고마운 비행기일 뿐입니다.

제가 근심 걱정에 휘말렸던 30분과 그 시간에 잠들었던 승객들의 30분에는 어떤 차이가 있을까요.

그 사람들은 저 같은 걱정을 안 했을 뿐이지 행복했던 건 아닙니다. 행복은 느끼고 즐거우며 보람이 있어야만 합니다. 수고하지 않고 얻어지는 행복은 별로 없습니다.

온갖 걱정을 했던 내가 불행했을까요? 나는 그 30분 동안 참 많은 걸 얻을 수 있었습니다. 이제부터 좀 더 재미있게 살고 가족이나 친지들과 더 화목하게 자주 어울려야겠다고 생각했습니다.

또한 내가 죽었을 때 어떤 사람으로 기억될지도 생각했습니다. 근심 걱정을 한다는 게 꼭 손해 보는 것만은 아니라는 걸 배운 셈입니다. 내가 그 사람들처럼 쿨쿨 잠들었다가 깨어났다면 그냥 강연하러 부산에 다녀온 기억뿐이었을 것입니다. 하지만 근심 걱정을 하는 동안 인생을 되돌아보면서 많은 걸 깨달을 수 있었으니 그런 큰 마음공부가 어디 있겠습니까.

30여 분 동안 비행기 안에서 온갖 근심을 하기 전까지는 그냥 무언가에 쫓기며 살았는데, 돌아오는 비행기에서는 내가 살아 있는 것만으로도 무지하게 고맙고 기뻤습니다.

물론 열흘쯤 지나니까 언제 그런 일이 있었냐 싶게 그냥 맨날 그렇고 그런 생활로 돌아갔습니다.

사람들은 골고루 영양을 섭취하고 운동을 열심히 해서 몸을 단련시키곤 합니다. 몸은 좀 부대껴야 건강해지는 거라고 합니다. 마찬가지로 마음도 좀 부대껴야 인생을 근사하게 살 수 있습니다. 시련과 고통을 피하려고 지레 겁내고 돌아가려고 하면 그 다음에 부닥치는 길은 더 험난할 수밖에 없습니다.

사람들은 흔히 인생에 정답이 있을 거라고 생각합니다. 자칫 부, 명예, 권력 따위를 손에 쥐는 것이 정답일 거라고 생각하기도 합니다. 수천 년 동안 현인들이 현명한 삶이란 어떠해야 하는지 제시해준 것들도 있습니다만 그것들은 정답이라기보다는 명답이라고 해야 할 것 같습니다.

인생이란 내가 문제를 내고 내가 채점하는 것입니다. 그렇다면 알기 쉽고 재미있는 문제를 내서 답을 쓸 때도 가볍고 쉽게 쓸 수 있어야 합니다. 굳이 어렵고 까다로운 문제를 내놓고는 머리 싸매고 고민할 필요가 없습니다. 문제를 쉽게 내고 답을 가볍게 쓸 수 있어야 명답이 나옵니다.

시련을 딛고 일어서면
모두 근사한 추억이 됩니다

사하라 사막은 가도 가도 모래뿐인 사막, 그래서 모래 바다라고 불리는 곳입니다.

물 한 방울 나지 않고 비도 오지 않는 열사의 땅 사하라 사막은 어떤 생명체도 서식할 것 같지 않았습니다. 그런데 놀랍게도 사막 한가운데에 여우가 살고 있었고, 무엇이든 접근하면 찌를 듯 날카롭고 앙상한 나무가 자라고 있었습니다. 베어 먹을 수도 없는 날카로운 나무밖에 없는 사막에서 앙증맞은 사막여우는 도대체 무얼 먹고 사는지 신기했습니다.

사하라 사막을 관통하는 국도가 있는데 곡물 운송차량이 지나가면 틈새로 곡물이 조금씩 떨어집니다. 그러면 흘린 곡물을 따라 쥐가 사막으로 들어갑니다. 그 뒤를 뱀이 따라가 쥐를 잡아먹으며 생존하게 됩니다. 뱀을 쫓아 여우가 사막 한가운데에 모래를 파고 집을 짓습니다.

동물과 식물이 최악의 조건 속에서 살아가는 기술은 참으로 놀랍습니다. 사막은 밤과 낮의 기온차가 심해 모래 속으로 이슬 맺히듯 습기가 생깁니다. 그 습기로 겨우 생명을 유지하는 사막의 앙상한 나무는 뿌리를 최대한 깊숙이 박은 채 온몸이 가시가 되어 기어코 생존하고 번식까지 합니다. 최소한의 물과 음식만 있어도 생명은 생존합니다.

사람은 자신의 뇌를 속일 수 있다고 합니다. 뇌는 현실과 상상을 구분하지 못하기 때문에 신맛의 과일을 연상하는 것만으로도 입에 침이 고이게 됩니다. 사람이 생존하려면 최소한 공기, 물, 음식, 햇빛, 운동이 필요하듯 우리의 영혼에도 꼭 필요한 것들이 있습니다. 영혼에 필요한 공기는 즐거움이고, 영혼에 필요한 물은 사랑이며, 영혼에 필요한 음식은 기쁨이고, 영혼에 필요한 햇빛은 꿈과 희망이며, 영혼에 필요한 운동은 자유입니다.

현실이 고달프고 마음에 고뇌가 가득차고 생각이 어지럽고 몸이 편치 않다면 뇌를 속여보세요. 뇌는 현실과 상상을 구별하지 못하니까 슬쩍 생각을 바꾸어버리면 그만입니다.

"나는 온 우주 역사상 오로지 하나뿐이고 이게 마지막 생애이며 한 번밖에 못 살기 때문에 나는 존귀하고 한없이 소중하다. 그러니까 살아 있는 동안 참 근사하게 살아야 할 의무가 있다" 하고 소리치세요. 딱 한 번 살고 딱 하나뿐인 나이니까요.

그대, 참으로 존귀한 이여!

그게 뭐 어쨌다고

초판 1쇄 2011년 11월 10일
초판 4쇄 2012년 5월 30일

지은이 | 김홍신
펴낸이 | 송영석

펴낸곳 | (株) 해냄출판사
등록번호 | 제10-229호
등록일자 | 1988년 5월 11일

서울시 마포구 서교동 368-4 해냄빌딩 5·6층
대표전화 | 326-1600 **팩스** | 326-1624
홈페이지 | www.hainaim.com

ISBN 978-89-6574-325-5